君が恋人にかわるまで

kimiga
koibitoni
kawarumade

君《きみ》が恋人《こいびと》にかわるまで

きたざわ尋子《じんこ》

ILLUSTRATION：カワイチハル

君が恋人にかわるまで

LYNX ROMANCE

CONTENTS

君が恋人にかわるまで

時間を知るためにつけているテレビから、桜前線という言葉が聞こえてきた。ふと目をやり、本州最北端の町で桜が開花したというニュースなのだと知る。だが興味も湧《わ》かず、画面端の時間だけ確かめて視線を外した。

「まだ寝てるのか……」

今日もまた、隣の住人は時間通りに現れなかった。七時には身支度を整えて来いと言い続けているのに、隣人が自発的にやってくることは週に一度あるかないかだ。

小さく息をつくと、成沢絢人《なるさわあやと》はコンロのスイッチを落として隣室へと向かった。隣というのは本当に隣の住戸の意味で、一つの住戸のなかの部屋という意味ではない。

一度共有の廊下へ出て、合鍵でドアを開ける。起こしにくることを想定しているのか、それとも習慣になっていないのか、ドアガードはかかっていないのが常だった。

乱暴に脱ぎ捨てた革靴《かわぐつ》をきちんと揃え、キッチンを兼ねた短い廊下を進んでいく。先にあるドアの向こうが寝室なのだが、今日もまたそのドアは開け放してあった。現在の暮らしになって二年たつが、いまだにこのドアが閉められているのを見たことがなかった。

絢人の部屋とは線対称となっている1Kは、限りなくワンルームに近い物件だ。築年数こそたっているが絢人が入居する直前にリフォームがされていて、古めかしさはまったく感じない。駅から近いのも気に入っていた。

そんな部屋に隣人が越してきたのは二年ほど前だ。以前から、空いたら知らせてくれと不動産会社に持ちかけていたらしい。

「……起きろ」

呼びかけは溜め息まじりになってしまい、大して響きはしなかった。もちろん、この程度で起きるはずがなかった。

八畳ほどの部屋に置いてある家具はベッドとパソコンデスクくらいしかない。クローゼットは備え付けのものがあるし、自宅で食事はしないと言い切っている彼にはテーブルや食器棚《だな》の類《たぐ》いなど必要ないのだ。

起きる気配のない男――矢ケ崎亘佑《やがさきこうすけ》を起こそうと手を伸ばしかけ、絢人はふと手を止めた。

大人になったなと、しみじみ思う。寝顔にすら幼い頃の面影はなく、むしろ実年齢よりも上に見える顔は起きているときと変わりない。高校生の頃に目を瞠《みは》るほどの成長を遂《と》げた彼は、その体格だけでなく面差《おもざ》しもかなり変わった。十年前はまだ絢人よりも小さく、顔だって少年らしい――まだあどけなさすらあったというのに、それから数年もしないうちに中性的だった部分はどこかへ消え失せ、どの角度から見ても男らしいものになってしまった。

昔から整った顔をしていた。そのまま大層な美形に成長した亘佑は、客観的に見れば格好いいと言われる男なのだろうが、絢人にとっては昔の可愛いイメージが抜けないままだった。目の前で無防備に眠る姿をほぼ毎日見ているのだから仕方がないだろう。

「可愛かったのになぁ……無駄にでかくなりやがって」

記憶のなかにある亘佑の姿と現在の彼の姿はまったく重ならない。とにかく幼少時の亘佑は可愛かったのだ。思春期に入った頃から少々生意気にはなったが、それでも六歳離れているせいか、その反抗期すら可愛く感じたものだった。

亘佑とはいわゆる幼なじみの関係だ。以前家族と住んでいたマンションでも隣人で、もうかれこれ二十年の付き合いになる。亘佑は父子家庭という事情があったので、よく絢人の家で預かっていた。小学校に上がってからは毎日成沢家に直接来て、父親の帰宅にあわせて一緒に帰るという生活だった。たまに残業で遅くなるときなどは泊まっていくこともあった。

「俺が育てたようなもんだよな」

絢人の母親は在宅の仕事を持っていたので、預かるといっても実質的に世話をしていたのは絢人だった。宿題を見てやり、食事を作って食べさせてやり、ときには風呂に入れてやって、一緒に眠ったりもした。

絢人が亘佑を可愛いと思うのは当然だし、亘佑が絢人に対して特別な想いを抱くのもまた当然だったのだろう。

問題はそれを、亘佑が別の感情だと思い込んだことだった。

(盛大な黒歴史だろ……)

万が一にも亘佑の耳に入らないよう、ここは言葉を呑み込んだ。

あれからもう十年がたつ。高校の入学式のその後で、亘佑は突然絢人に告白したのだ。絢人は大学四年になろうかという年だった。

もちろん受け入れられるはずもなく、その場で亘佑を諭《さと》して納得させた。気まずくなることも覚悟していたが、亘佑もなかったことにすると決めたのか、あれ以来なにも言ってこないどころか、態度もまったく変わらずに今日まで来ている。だから絢人としても、告白に関しては触れまいと思って過ごしてきた。

絢人を見上げていた少年らしい幼い顔は、いまでも目に焼き付いているけれども。

小さく息をつき、男らしく厚みのある肩に手を伸ばす。高校生のときからほとんど体格が変わらず、薄っぺらいままの絢人とは大違いだった。

「早く起きろ、遅刻するぞ」

いつもより二、三分遅れてしまったのは、亘佑の寝顔を見ながら感慨《かんがい》にふけってしまったせいだ。朝の三分は貴重だ。

ゆっくりと目を開けた亘佑は、どこかぼんやりとした様子でじっと絢人を見つめた。吸い込まれそうな気がして絢人はさりげなく視線を外した。

「眠い……」

寝起きの掠《かす》れ声も、聞くと妙に落ち着かない気分になる。絢人は亘佑の鼻を軽くつまんで、すぐに背を向けようとしたが、ふいに手を引っ張られて亘佑のほうへと倒れ込んだ。

「うわっ」

「いい匂いがする……」

抱きつかれ、耳元で声を出されて、思わず絢人は首を竦《すく》めた。びくっと身体《からだ》を震わす反応をしたのに、亘佑は気づいていないのか離す様子もなく、それどころか首に顔を埋めるようにして擦り寄ってくる。

「やめろっ、くすぐったいんだよバカ……！」

握った拳《こぶし》で頭を殴ると、さすがに動きはぴたりと止まった。強く殴ったわけではなかったが、少しは痛かったはずだ。絢人の背中にまわっていた手もほどけた。

さっきまで造りもののように表情がなかった顔には、不満げな色が乗っていた。

「暴力反対」

「嫌なら自発的に起きろ。っていうか、いい年してじゃれつくな」

犬がじゃれついてくるようなものだろうと溜め息をつき、なかば逃げるようにして背を向けた。背

後で亘佑が起き上がる気配がした。

「……無意識だし……」

「いつもより早めに支度しろよ。でないと間に合わないからな」

「……ほんとだ」

途端《とたん》に声がしゃっきりとしたものに変わった。

大丈夫そうだと頷《うなず》いて絢人は隣の部屋に戻り、ふと鏡に映《うつ》る自分を見た。今日に限って洗面所のドアを開けておいたせいだ。

「なんで赤くなってるんだ……」

こんな反応はあり得なかった。相手は六歳のときから知っている弟のような存在で、当然ながら男で、しかも自分は三十を過ぎているというのに。

溜め息をついて洗面所のドアを閉めた。見ていたくない理由は、頬の赤み以外にもあった。

鏡に映る顔は、他人からもよく言われるように三十を過ぎているようには見えなかった。よくて二十代の後半、だいたいなかばに見られるのはあまり嬉しいことではない。嫌いとまでは言わないが、あえて見たい顔でもないのだ。

それから味噌汁《みそしる》を温め、昨夜《ゆうべ》の残りものと常備菜《じょうびさい》を並べた。簡単な朝食だが、朝はだいたいこんなものだった。

雑穀《ざっこく》入りの飯を茶碗《ちゃわん》によそっていると、スーツに身を包んだ亘佑がやってきた。

「またそれかよ」

「気に入らなきゃ食うな」

雑穀の入った飯より白米がいいと言う亘佑は、見るたびに不快そうに顔をしかめる。だからといって食べないということもないので、今日も絢人は無視してトレイを渡した。

肩の位置が違うことを、あらためて実感する。身長差は十センチ強というところだが、十年前はこの差が逆だったのだ。

「なんだよ」

「別に。無駄に育ったもんだと思ってさ」

「無駄じゃない」

「はいはい」

流してはみるものの、無駄だと絢人は思っている。容姿《ようし》を売る職業ならばともかく、彼は建築士だ。しかもアトリエ系と呼ばれるところではなく、組織系の大手設計事務所に籍を置いていて、クライアントも個人ではないのだ。たとえどこかの営業職でもここまで飛び抜けたスタイルと顔のよさは必要ないだろう。

すっきりとした印象のやや硬質な美貌《びぼう》は、クールだと評されることが多い。愛想は皆無だが、礼儀はきちんと示すので、それなりに社会にも溶け込めているようだ。

向かいあって食事をしているうちに、寝起きのときのことを思い出して手を止めてしまった。

「……どうした？」

「いや、なんでもない。今日は総菜《そうざい》買って来るけど、いいか？　ちょっと遅くなりそうなんだ」

食事は常に絢人が用意することになっているが、仕事があるので毎食作れるわけではない。惣菜を買ってくることもあれば、デリバリーや外食ですませることもある。自ら食事を用意しようとしない亘佑を見かねて、彼が隣に越してきた頃からずっとそうしてきた。どんな食事内容になろうと、亘佑が雑穀以外で文句を言ったことはなかった。

「いいけど、残業？」

「打ち合わせが入ってる。九時前には戻れると思うけど」

「もしかして例の施設か？」

「なんでわかるんだよ。野生のカンか」

絢人の仕事は商業施設のテナント誘致《ゆうち》だ。来年春に開業する施設用と、別の大型施設用の誘致を平行して行っている。両方に入る店も多数あり、前者は募集分も含めてほぼ決まっているし、後者もいくつかの店からすでに承諾《しょうだく》の返事をもらった。後者の開業は三年以上先だが、集客の鍵となる店に関してはすでに動いているのだ。

「テナントって、こんなに早く動くもんなんだな」

「特別だよ。持久戦を覚悟してたからさ」

下町にある老舗《しにせ》の洋食屋はかなりの人気店で、支店を出すことを断り続けてきたことで知られていた。だからこそ難航するのを覚悟で挑《いど》んだわけだが、二度目の面会で早くも手応《てごた》えを感じ、三度目で具体的な条件などを聞かれ、今日はいよいよ四度目の話し合いだ。

「ぐったり疲れて帰って来るかも」

「頑固親父《がんこおやじ》なのか？」

「いや、むしろ柔和《にゅうわ》な感じ。童話に出てくるパン焼いてるオジさんって感じの」

「ああ……じゃ、なんの問題があるんだよ」

「失言したらどうしようとか、俺がなにかして相手が怒ったらどうしようとか……まぁそういう感じの緊張感がさ」

真剣に心配して溜め息をついたのに、亘佑は軽く鼻で笑い飛ばした。

「おい」

「あんたがそんな心配するなんて、それこそ無駄だろ。むしろ気に入られて、その話も上手《うま》く進んでるんじゃないのか」

「まさか」

あり得ないと軽く手を振り、絢人は食器を片付けるために立ち上がる。それをさっと取って、亘佑は自分の食器とあわせてキッチンへ持っていった。

料理の腕前は並以下だと豪語する亘佑は、自分で作らない代わりに片付けはすべて引き受けている。食器を洗うだけでなく、シンクやコンロなどもきれいに掃除し、清潔な状態を保っているのだ。

思春期にはいろいろとあったものの、結局亘佑は高校二年になる頃まで——つまり絢人が就職を機に実家を出るまで夕食を成沢家で取っていた。当時教え込んだ家事は、料理以外の部分ではしっかりと身に付いているようだった。

亘佑は自分の部屋に戻ることなく、絢人とマンションを出た。勤め先は別だが方向は一緒で出勤時間も近いので、どちらかに早く行く用事でもない限りは一緒に行くことになっている。

歩いて五分の駅から電車一本で約三十分。まずは絢人が降り、亘佑はさらに三駅先まで乗って行く。

絢人の勤め先は大手と呼ばれる不動産開発業者「長倉地所《ながくらじしょ》」だ。そのなかで「仮称・小瀬《こせ》地区プロジェクト」という、大きな仕事に携《たずさ》わっている。現社長が就任して最初の計画ということで、かなり力が入っているのだ。

「おはようございます」

商業施設営業部に入っていくと、先に来ていた社員たちが挨拶《あいさつ》を返してきた。女性も二人いて、彼女たちは貴重な戦力だ。なにしろこの手の商業施設は女性、もしくはファミリー向けなので、彼女たちの意見は非常に参考になる。

「部長は先に顔を出すところがあるそうで、少し遅れます」

「わかりました」

絢人の机は部長に一番近いところにあり、実質的には補佐のような扱いだ。秘書のようだと言われたこともあるが、いずれにしても気に入られていることは間違いなかったし、それについてほかのメンバーからやっかまれたりもしていない。部長に付いて行けるのは絢人だけだと皆が認識しているからだ。

絢人はメールをチェックし、先方の担当者との予定を擦りあわせていく。すでに開業している施設のテナントからの連絡もあった。こちらは契約更新に関してなので、担当が違う旨《むね》を打って返しつつ、その担当者に電話をするように頼んでおいた。

そのうちに、急に空気が変わった。パソコン画面を見たままでも、上司が出勤してきたのはわかってしまう。

「おはようございます」

「うん。おはよう」

上司の星野誠司《ほしのせいじ》は、手に大きめの封筒を持ってやってきた。そこには社外秘という赤い文字が見えていた。

気にはなったが、まずは朝礼だ。と言っても星野は仰々《ぎょうぎょう》しいのが嫌いだからと、全員が手を止めた状態で顔を見て朝の挨拶をするだけなのだが。

フロアに大勢いる女性社員たちが、うっとりとした様子で星野を見つめている。声にも聞き惚《ほ》れているようだった。

今年四十歳になった彼は、色男という言葉がぴったり嵌《は》まる独特な雰囲気の持ち主だ。それでいて会社員としても違和感はなく、いかにも仕事が出来そうな雰囲気も醸《かも》し出している。亘佑のように整い過ぎて隙のない顔立ちとは違い、表情に愛嬌《あいきょう》がありながらも男前なのだ。伊達男《だておとこ》と言っても過言ではないだろう。

「部長、そちらはなんですか？」

耐えきれなくなったのか、絢人と同期入社の女子社員、碓氷《うすい》が尋《たず》ねた。

「例のコンペの、選考に通った作品……の写真とコピー」

「見てもいいんですかっ？」

「今日発表だから、ＯＫ」

「見たいです……！」

その声を皮切りに、わらわらと数人が星野のデスクに集まってきた。少々気が引けたが、星野が咎《とが》めないのだからいいのだろう。幸い、電話は一つも鳴っていない。

新社長の肝《きも》入りの計画、小瀬地区プロジェクトは話題作りも狙《ねら》ってのことなのか設計をコンペティションで決めることになった。裏でいろいろとやりとりはあるのかもしれないが、そのあたりは絢人たちの知るところではない。

国内外から広く受け付け、経験も問わなかったため、名の知れた事務所単位から学生まで多数の応募があったという。一次選考はずいぶん前に終わり、二次では模型による審査を行った。

「で、最終に残ったのがこの四つ」

取り出されたのは何枚もの印刷物で、各作品の写真がそれぞれ数枚ずつにまとめられているものだった。縮小をかけられているので詳細はわからないが、どうやらこれは星野が「誘致の資料に」などという、よくわからない理由を押し通して担当部署からもらってきたものなので、仕方ないことのようだ。

「これ斬新《ざんしん》っすね」

「あー、この人って確かリフォームの匠《たくみ》ですよ。なんだっけ……多機能構造の求道者とかいう、なんかよくわからないキャッチフレーズの」

「ああ……」

「っていうか、よくそこまで覚えてるね」

「あ、こっちも知ってます。大阪《おおさか》のアトリエ系事務所ですよ」

「外国人も入ってる……！　わードイツの人だ」

皆が盛り上がっているなか、絢人は無言で一つの作品を見つめていた。設計者の名前に、あまりにも見覚えがあったからだ。

矢ヶ崎亘佑という名の建築士は、もしかしたらほかにもいるかもしれない。だが在籍している会社の名や年齢まで一致したら、もう絢人が知っている亘佑しかいないはずだ。

それにデザインを見て、納得してしまう。実に亘佑らしい。斬新というわけではないのに印象は強く、それでいて落ち着きも感じさせるのだ。木材などどこにも使っていないのに、どこか和風にも見えるのが不思議だった。

「あれ……成沢さんが持っているのって……」

「あ……ごめん」

無意識のうちに手に取って食い入るように見つめてしまっていた。はっと我に返り、絢人はコピーをデスクに戻した。

「あ、これコンペ荒しの子だわ」

「え？」

「あ、荒しっていうのは言葉が悪かったかな。前にね、学生対象のコンペにバンバン出して入賞さらってた子なの。そっか……三石《みついし》設計に入ったんだ。意外だなぁ、てっきり彼はアトリエ系に行くかと思ってたのに組織系に行ったか」

それは絢人も驚いたことだったから、ひそかに頷いた。亘佑の才能を考えると、クライアントと向きあいつつ、彼の個性を発揮した設計をするのがあっていると思っていた。だが実際に選んだのは、個性よりも効率や堅実性を求められることが多い組織系の建築設計事務所だったのだ。

「やっぱ給料じゃゃないの」

「だよな」

「若いね。まだ二十六か」

「へぇ、二十三歳で一級建築士取ったんですね。最短ってこれくらいですよね。う－ん、この入賞歴は圧巻」

提出した略歴のなかにはずらりと入賞歴が羅列《られつ》されている。いくつかは絢人も知っていたが、半分にも満たなかった。

「あいつ……」

一体いつの間に設計したのだろうか。夜は毎日十二時近くまで絢人の部屋にいるし、休日も絢人に用事がない限りは入り浸《びた》っているのだ。どう考えても睡眠時間を削《けず》っているとしか思えない。

しかも今朝、プロジェクトの話になったときも、なにも言わなかった。これはあえて黙っていたと考えるのが自然だろう。

「ああ、やっぱりいいな、この子のデザイン。大モノが得意みたいだけど、テーマが住宅のときのも好きだったな」

「碓氷さん、超詳しいじゃん。なに、ファンなの？」

「まぁね。デザインももちろんだけど、またこれがスペシャルが付くイケメンなのよ！　どこのモデルか俳優かってビジュアルにもやられたクチ。もう超格好いいんだから！」

同じ年のはずの碓氷は、まるで少女のように頬を染めつつ引き出しから雑誌を取り出してきた。数年前に発行されたその雑誌の名は絢人も知っていた。ただし手にしたことはなかったが。

「え……」

広げられたページには、誌面の半分を使って亘佑の写真が掲載されていた。いくつもの賞を取ったことで、注目株の学生としてインタビューされたらしい。おそらく彼のビジュアルも影響したのだろうが。

(聞いてない)

これもまた絢人が知らないことだった。亘佑のすべてを知っているなどと言うつもりはないが、思っていたよりも知らないこと――内緒《ないしょ》にされていることが多かったのだと実感し、少しばかり落ち込みそうになった。

「成沢くん？」

「あ……はい」

「どうした？　具合でも？」

「いえ、すみません。なんでもないです。むしろ調子はいいです」

星野を見返して笑みを見せると、なにか言いたそうな顔をしながらもそれ以上は言ってこなかった。心配しているというよりも興味を抱かれてしまったことを察した。

「なんでこういうのがいるんだろうなぁ……このビジュアルで才能もあるなんて、ほんとに神様は不公平だよ」

「世のなかは不公平に出来てるんですよ」

「なんで建築士になろうなんて思ったんですかね？」

「特に語られてなかったわよ。けど、こっちに進んでくれて正解」

「まぁね」

皆が同意するなか、絢人もまた大きく頷いた。はっきりとした話は、いまだに聞かされていないからだ。

どうして建築士を目指したのか、以前尋ねたことがあるのだが、返ってきた答えは「なんとなく」という実にぼんやりしたものだったのだ。亘佑の進路を知ったのは彼が受験生となったときで、それまでは彼の口から建築という言葉は聞いたこともなかった。おそらく絢人の影響も多少はあったのだろう。絢人がこの会社に入ったことで、亘佑の選択肢《せんたくし》のなかに建築業界というものが上がった可能性はある。

いずれにしても碓氷が言ったように、亘佑は建築士になって正解だった。偶然にしろ本人が確信していたにしろ、才能があったことは確かなのだから。

(いまさら言いにくい……)

亘佑が知り合い――身内と言ってもいい相手なのだと打ち明けるタイミングを逃してしまった。まして碓氷の様子を見ていると、言い出すのも怖い気がしてきた。

いまも後輩の女子社員を相手に亘佑のことを熱く語っている。亘佑のことを初めて知った後輩も、さっきから頰を赤らめて雑誌の写真を何度も見ていた。

「大学生のときに一回だけ授賞式で見たことがあったんだけど、そりゃもう格好良かったんだから。クールで大人っぽくて、とても大学生には見えなかったわよ」

自分の席に戻りながら、果たしてあれはクールなのだろうかと首を傾《かし》げたくなった。

(ただ無愛想なだけな気が……それに大人っぽいと言うか、老《ふ》けてたんだよあれは)

ようやく年相応になってきたところなのだ。それでもまだ実年齢よりは上に見られることも多いから、知らない人からすれば絢人は同じ年くらいに思われていることだろう。

そのうちに亘佑の話題も落ち着き、それぞれが仕事に戻っていった。ようやく面映《おもは》ゆさもなくなって、絢人はそっと息を吐き出した。

「成沢くん、ちょっといいかな」

「あ……はい」

星野に呼ばれ、絢人はパソコンを閉じてから彼に付いて行く。星野の手には別の書類があり、周囲の社員たちも誘致の話だと判断したのか、こちらには興味も示さなかった。

星野は計画として出す前にまず絢人と話をして考えをまとめる傾向がある。特に意見を求めてくるわけではなく、雑談がてらに自らの考えをまとめていくのだ。自分はメモ帳のような存在なのだろうと絢人は思っていたし、周囲も星野はそういう癖《くせ》があると承知しているので、絢人が特別扱いされているとは感じていないようだ。ただし星野が絢人のことを気に入っているのは誰もが承知しているので、そういう意味では特別だと思っているようだが。

おそらくこれが女性社員だったら相当にやっかみが出るのだろう。絢人が男だから女性社員たちも納得しているし、それどころか少々楽しんでいる傾向があった。「ビジュアル的に幸せ」と言ったのは確か碓氷だったはずだ。

同じフロアにある一番小さな会議室に入り、使用中の札に替える。定員が六人程度なので、本当に小さな部屋だ。

鍵はかけなかった。必要ならば星野がそう言うからだ。

入り口に近い椅子《いす》に座ると、星野は当たり前のように隣に座った。椅子はほかに四脚あるし、普通は向かいあったり空き椅子をあいだに挟《はさ》んだりして座るものだろうが、星野の距離感は常にこうなのだった。

そうして彼は、じっと絢人の顔を見つめるだけでなにも言わない。

嘆息《たんそく》し、絢人は自分から切り出すことにした。

「なんでしょうか？」

予想はついていたが、とりあえず空《そら》とぼけてみる。さっきもの言いたげだったのだから、タイミングとしてはその追及だろう。

「いや、あらためてきれいな顔だなと思って見とれてた」

「……そうですか」

いつものことだと軽く流した。星野にとってこの手の言葉は世間話と同じようなものだ。ときには挨拶代わりに口説《くど》くこともあるくらいだった。

「反応が冷たいねぇ」

「俺がここで喜んだり照れたりしたら気持ち悪いでしょう」

「そんなことはないと思うよ。むしろ恥じらう君も見てみたいな」

にこにこと笑う星野の態度に真剣味はない。最初は相手をするたびに疲弊《ひへい》したものだったが、さすがに三年目ともなるともう慣れてしまった。二人きりだからこうなのではなく、皆がいてもきわどいことを言ったり触ってきたりするので、誰一人として真《ま》に受ける者はいないのだ。

「セクハラかパワハラで、いつか訴えられますよ」

「女性には言ってないだろう？　社内ではこれでも気を使ってるんだよ」

「俺にも使ってください」

「君はほら、冗談《じょうだん》ですむから。訴えたりもしないし」

「確かにそうですけど……」

いちいち反応していたら疲れるだけだし、特に気分も害さないし、周囲も笑って流しているのだから問題はないのだ。他部署の者がいれば控えるあたり、星野の言動は職場の雰囲気を和《なご》ませるためにしているのかもしれない。

ただし外では本気で女性を口説いているのを知っている。離婚を経験して現在独身である彼は、特定の彼女が複数いる上に、不特定な彼女は数えきれないほどいるらしい。数多《あまた》いる恋人のなかに同性が含まれていないことは確認ずみだ。ようするに彼は、本気で同性を口説くつもりはないが、絢人の顔は気に入っている、ということなのだろう。

「そう言えば……このあいだお母さんをテレビで見たよ」

「はぁ……」

「相変わらずご活躍らしいね。畑違いだから、あまりよくはわからないけど……ああでも、莉恵《りえ》さんの服はとても好きだよ。そのスーツもそうだろ？」

「ええ、まぁ」

絢人は苦笑まじりに返した。

離婚して人生を謳歌《おうか》している母――莉恵は、以前はアパレルメーカーの企画デザイナーとしてほぼ在宅で仕事をしていたが、離婚を機に独立して自らのブランドを立ち上げ、いまでは数店舗《すうてんぽ》をかまえるまでに成長させた。彼女一人の力ではない。運が大きく作用したことは事実だった。その流れを作ったのが、目の前にいる星野なのだ。

きっかけは、以前星野がリーダーを務めた商業施設のテナント誘致だった。

私情を挟むつもりはなかったので、誘致の際も莉恵のブランドのことは黙っていたのだが、ある日雑誌に載った彼女の写真を見て同僚が気づき、問われるまま母だと認めたら、あれよあれよと話が進んで彼女の店を誘致することになった。

決して絢人が進めた話ではなく、星野が妙に乗り気だったのだ。「将来性を見込んで」だとか「まだどこの商業施設にも入っていないから」だとか、もっともらしいことを言って渋《しぶ》る声を封じ込め、結果的に彼女のブランドを注目させ、その人気も高めることになった。母親が星野に感謝しているのも当然というものだ。

「それって自分で買ってるの？」

「いや、勝手に送ってくるんです。サンプルとか……シーズン落ちしたものとか」

「だからお母さんの服ばかり着ているわけか」

「買わなくていいくらい……っていうか、クローゼットに入りきらないほど送ってくるんですよ。自分で買う余地がないんです」

しかも二人分だ。母親は絢人だけでなく亘佑のサイズも把握していて、似合いそうだと思ったものや着せたいと思ったものを送ってくる。本人たちの趣味は基本的に無視しているが、それほど外れていないのでありがたく着させてもらっていた。

気が付くとまだ星野はじっと絢人の顔を見ていた。

「そんなに俺の顔が好きなんですか」

「好きだねぇ」

「だったらうちの母なんてどうですか。自分で言うのもなんですけど、俺とあの人って基本的に同じ作りの顔ですよ」

母親の若い頃の写真を見て複雑な気分になったことは一度や二度ではない。もちろん彼女は化粧をしているから絢人の顔とは違うのだが、それがまた自分の女装写真でも見ているような気持ちにさせてくれるのだ。

絢人は女顔というわけではない。むしろ母親がいわゆるハンサムというタイプの女性で、女子校に通っていた頃には下級生から大層モテたらしい。年を取ったとはいえ実年齢よりは若く見えるし、キリリとした美人だと言う声もよく聞こえてくる。むしろ絢人のほうが若干《じゃっかん》甘めの顔立ちをしているくらいだった。

「君のほうが繊細《せんさい》そうな顔かな」

「それは褒《ほ》め言葉なんですか？」

「もちろん。どっちも美人なんだけど、そそられるのは君の顔かなぁ……雰囲気込みでも。君は隙があるから」

「褒められてる気がしません」

思わず顔をしかめると、小さく笑う声がした。どうやらまたからかわれたらしいと悟り、何度目かの苦笑をこぼす。

「ま、いくらなんでもあの人は年が上過ぎますよね」

「そんなことはないよ。守備範囲内だね。人にもよるけど、あの人はありでしょう。むしろ向こうが相手にしてくれないだろうね」

「あー……」

否定は出来ず、思わず苦笑いをした。離婚後の彼女は自分の人生に男はいらないと断言し、本当に男っ気もなく仕事に生きている。星野に対しても、服のイメージを考えるにはいい人材だと考えているようだが、恋愛やセックスをしたいとは思えないと言う。

実の母親からそんな生々《なまなま》しい言葉を聞いたときには遠い目をしたものだったが。

「それはそうと……一つ聞いていい？」

「……はい」

来たな、とは思うものの、特に身がまえるようなことはなかった。亘佑のことは隠しておきたいわけではないのだ。あれはタイミングの問題だった。

「矢ヶ崎亘佑とはどんな関係？」

「あー……やっぱりわかりますか。露骨《ろこつ》でした？」

「いや、気づいたのはわたしだけだと思うよ。ほら、わたしは君のことをよく見てるから」

相変わらずの微妙な発言を笑って流し、絢人は軽く頷いた。星野は興味津々《しんしん》で、にこにこ笑いながらもごまかすことを許さない気配を発している。

「幼なじみなんですよ。弟……みたいなものですね。昔もいまもずっと家が隣で……」

「いまも？」

「あ……ええ、まぁ……いまも俺の隣に住んでるんです」

さすがにこれは黙っていようと思っていたのに、つい口が滑ってしまった。だが言ってしまった以上は仕方なかった。

ふーんと小さく頷いてから、星野は探るような目をした。

「成沢くん、一人暮らしだったよね？　ずいぶん仲がいいな」

「まぁ、いいと思いますよ」

「まさか食事も一緒に取ってたり？」

一瞬言葉に詰まってしまった。自分たちの関係が普通とは少し違うことは自覚している。いい年をした男が、兄弟でもないのにこんな付き合いをしているなんて、変に思われても仕方ないだろう。

「……あいつ、料理だけは壊滅的《かいめつてき》なんですよ。放っておくと食べないし」

言い訳がましい絢人の言葉を、星野はおもしろそうに聞いていた。突っ込みどころがあり過ぎることは自覚していた。

「つまり君が作ってる、と」

「食事だけですよ。それ以外は各自でやってます」

変な誤解をされないように、絢人は亘佑との関係を掻《か》いつまんで説明した。もちろん十年前の告白に関しては伏せておいたが。

星野はくすりと笑みをこぼした。

「それで君は、子供の頃と同じように彼を放っておけないし、突き放すことも出来ない……というわけか。彼、クールだとかなんとか言われてたけど……実は甘えん坊なの？」

「甘えと言えば……まぁ、そうなのかもしれないですね。俺って、あいつにとっては母親代わりなんですよ」

遠い目をして呟《つぶや》くと、星野は小さく噴《ふ》き出した。

笑うのは当然だろうと思ったし、絢人自身は気にしていないことだから、肩を震わせる様子をじっと眺《なが》めていた。

ひとしきり笑った後、星野は意味ありげに目を細めて絢人を見つめた。

「それはどうやら実に厄介《やっかい》な相手らしいねぇ」

「は？」

「ほら、男の理想は母親ってパターンは、わりとよく聞く話でしょう。思うにその彼、君のことが好きなんじゃないのかな」

「いやいや、なに言ってるんですか。さすがにもうないですって」

「もう？」

「あ……」

本当に今日は失言の多い日だ。今朝方絢人が心配していた方向とは違うし、招くのも危機やトラブルといった大仰《おおぎょう》なものではない。それでも溜め息はつきたくなった。

「もう、ということは、前はあったわけだ」

「う……いや、その……」

星野の口振りからして、ごまかすのは無理だと思った。言ったとしても彼は公言しないはずだし、偏見を抱くことはないだろうと、絢人は溜め息をついてから頷いた。

「あの、でも十年も前のことなんです。とっくに黒歴史ですよ。だから、このまま忘れてやってください」

最終選考まで残ったのだから、たとえ賞は獲れなくても、この先亘佑が星野と会う可能性はあるのだ。そのときの星野が十年前の話を思い出しでもしたら、あまりにも亘佑が可哀想だろう。

しかし星野は絢人の言葉に緩《ゆる》くかぶりを振った。

「黒歴史じゃないかもしれないよ」

「いやいや、思春期にありがちなあれですって」

「そうは思えないんだけどねぇ……」

「星野さんは亘佑に会ったことないでしょう。この十年、ノーリアクションですけど」

「いい年した男、それも女性が放っておきそうにないスペックの持ち主が、いつまでも年上の幼なじみにベッタリ……なんて、恋愛感情があるとしか思えないでしょ」

「それは俺が胃袋がっちりつかんでるからじゃないですかね」

外の食事は味が濃すぎるとか、油が悪いとか、あれでいて亘佑はかなりうるさいのだ。そもそも子供の頃から絢人の料理を食べ付けていたせいなのか、基本の味が絢人のそれになってしまっている。家庭の味、お袋の味というものが、絢人の味なのだ。

「だからそれは最強なんだよ」

なにに対して強いのかはまったく理解出来なかったが、星野もそれ以上のことを言うでもなく、話題は仕事のことへ移っていった。雑談が長かったが、星野は帳尻があえばいいと考えるタイプなので、こういったことは珍しくない。

とりあえず絢人の今日の課題は失言に気を付けることと肝に銘《めい》じた。

会社帰りに総菜を買って帰ろうとすると、亘佑からメールが入り、駅ビルで寿司《すし》を買ってきたからいいと言われた。

九時少し前に帰り着き、自室の玄関を解錠する前に隣のインターホンを押した。すぐに亘佑が、手に折り詰めを持って出て来た。

「お帰り」

「遅くなってごめんな」

「別に。仕事だろ。予告もされてたし」

亘佑は絢人が出張や何かで帰らない日以外一人で先に食べたりはしないのだ。遅くなるからと言っても絶対に待つことがわかったので、絢人も待つなとは言わなくなっていた。

すでに亘佑は普段着だ。これもまた母親のブランドのもので、気に入っているのか気にしていないのか、亘佑もまた送られてきた服をおとなしく着ている。シーズンごとに送りつけてくる服は、同じものは入ってない。よほどベーシックなものでない限り、色違いでも同じ服はないのだ。つまり絢人と亘佑がお揃いにならないよう気を付けているらしい。

二人で絢人の部屋に入り、遅い夕食の用意をする。食事は絢人の部屋で、というのは、特に決めたことではないが暗黙の了解となっていた。

絢人はスーツの上着だけ脱いでネクタイを外す。襟元《えりもと》のボタンも外してテーブルに着くと、亘佑が目の前に茶を差し出してきた。

「サンキュ」

「着替えないのか？」

「え？　ああ……腹減ったし、寿司が先」

嘘ではないが、それだけではなかった。ワンルームの部屋ではどうしても亘佑の目に付くところで着替えることになる。星野とあんな話をしたせいか、妙にそれが憚《はばか》られたのだ。かといってわざわざバスルームに行くのもおかしな気がした。

いまさらなのにと思う。あるいは朝の一件が影響しているのかもしれない。あれしきのことで、とも思うが。

「食わねぇの?」

「あ……食うよ」

折り箱に入った寿司は、スーパーなどで売っているパック詰めの寿司とは見た目からして違っている。食べてみてもそれは同様で、職人がきちんと握っているものだとわかった。駅近くにある寿司店のものだろう。

「うん、美味《うま》い」

「だな」

「おまえって自分じゃ作らないくせに食にうるさいよな」

「うるさいから作らないんだろ」

屁理屈《へりくつ》とも言えるが、この開き直った姿勢はある意味で潔《いさぎよ》かった。一応彼なりに料理に挑んだこともあったらしいが、結論として絢人が作ったほうがいい、ということになったらしい。確か彼が隣へ越してくる直前あたりの話だ。その後すぐに隣に住むようになり、一生付いてくる気なのかと当時は啞然としたものだが、いつの間にか隣にいることを受け入れてしまっていた。絢人は根本的なところで亘佑に甘いのだ。

「あ……そうだ。おまえ、うちのコンペのこと黙ってたろ。びっくりしたぞ」

「ああ、そっちまで話が行ったのか」

亘佑は眉一つ動かさず、鷹揚《おうよう》に頷いた。

「なんで黙ってたんだよ」

「いちいち言うことでもねぇだろ」

「言えよ。うちのコンペだぞ」

これはあえて黙っていた、と考えるのが自然だ。もともと秘密主義ではないかと思うほど自分のことを言わない男だが、「小瀬プロジェクト」の話はこれまで何度も出ているのだから、そこでコンペのことを出さなかったのは故意だとしか思えなかった。あるいは審査に通らなかったら恥ずかしいとでも考えたのか。

後者だったら可哀想だと思い、追及するのはやめにした。

「同期の女子が大絶賛してたぞ。おまえのこと、学生のときから知ってるって」

「へぇ」

素っ気《そっけ》なく相づちを打ち、亘佑は最後の一つを口に放り込んだ。相変わらず食べるのは早いが、がっついている印象はない。子供の頃から絢人が厳しく躾《しつ》けたので箸《はし》の持ち方も完璧だ。

「嬉しくないのか？」

「べつに。賞とか、形になったものじゃねぇと意味ないし」

「そこは素直に喜んでおけよ」

「どうせ見た目で騒いでるだけだろ」

取りつく島もないとはこのことだ。評価したのが女性だというだけで、作品を気に入られていると は思えないらしい。本人が語らないから詳しいことは知らない絢人だが、まず顔ありきということが ずいぶんとあったのだろう。

この顔ならば仕方ないかと思う。雑誌に取り上げられたことを言わなかったのも、無駄に大きな写 真を載せられたのが嫌だったのかもしれない。

亘佑のことだから自らの実力や才能については正確に理解しているはずだが、どうしても絢人は言 っておきたかった。

「それだけじゃないって。マジで建築が好きで、いろいろチェックしてるらしいんだよ」

「ふーん。ま、どうでもいいよ」

本気でどうでもよさそうな亘佑に苦笑し、絢人は最後の寿司を口に入れて箸を置いた。最後は好物 のネタと決めている。

　そして舌に残る余韻《よいん》をお茶で流してから、ふたたび応募作の話に戻した。

「けど、いつの間にやったんだ？　時間ないのに、すごいな。まったく気づかなかったよ。ずいぶん睡眠時間削ったんだろ」

「まぁ、少し」

「もともと寝起き悪いからなぁ……」

　思い返してみても、特に亘佑の寝起きが悪かった時期はなかった。絢人はすぐに睡眠不足が顔に出るのだが、亘佑はかなりわかりづらいらしい。いつでも寝起きがいいのではなく、基本的に悪いからだった。

「……どうだった？」

「ん？」

「見たんだろ？　応募したやつ」

　何気ないふうを装っているが、亘佑が絢人の感想を知りたがっているのは間違いなさそうだ。そういう顔をしていた。

「ああ……うん。正直さ、ああいうのってどう評価するのか俺にはよくわからないんだけど、俺は好きだよ」

「ならいい」

言葉少なに答え、亘佑はそれきり黙り込んだ。照れているわけでも不機嫌なわけでもなく、これが彼の——思春期以降のスタンダードだ。

それでも嬉しそうなのはわかる。表情ではなく、空気で感じるのだ。

「……またクールだとか言われてたぞ」

「ただ愛想がないだけだろ」

「同感！　俺もそう思いながら聞いてたよ」

昔から彼はクールだのストイックだのと言われてきた。後者に関しては不明だが、少なくとも前者は違うはずだ。

「クールな男は寝起きに頭打ったりはしないよな」

「……うるせえ」

長身の弊害《へいがい》か、亘佑はよくドアの上枠にぶつかっている。普段はそんなミスなど犯さないのだが、朝に限っては最低でも週に一回はやらかしているのだ。

世間はそんな亘佑など想像も出来ないだろう。

「あのさ……」

「ん？」

「もし賞が取れたら……いや、なんでもねぇ。それより、朝言ってた失言はどうだったんだよ。失敗しなかったか？」

ぴしゃりと自分から話を打ち切り、亘佑は話題を変えてきた。一応心配していたのか、話を変えるためなのかは不明だが、ここは乗ってやることにした。

「仕事は問題なかったよ」

「ほかはあったのか」

「口滑らせて、上司におまえと幼なじみだってバレた」

笑いながら打ち明けると、なぜか亘佑はぴくりと不快そうに眉を動かした。

「それ……例の上司？　莉恵さんの店、プッシュしてたあの？」

「そうだけど……会ったことはないよな？」

「ねぇよ」

吐き捨てるように言う亘佑をまじまじと見つめる。彼がこんなふうに感情をはっきり見せることは珍しい。よくも悪くも亘佑は表情の変化がわかりにくく、付き合いの長い絢人だからこそ気づくことも多いのだ。だがいまの彼は誰が見てもわかりやすいだろう。

「でも話は聞いてる」

「え……そんなに話してないような……」

「莉恵さんから」

「は？　なんで母さんがそんなことおまえに……っていうか、母さんとそんなに連絡取ってるのか？」

「服が送られてきたときに礼はしてる。メールだけど、必ず電話が返ってくるから」

「……知らなかった……」

絢人だって礼は送るが、電話で返事が来たことはない。ほぼメールで短い文面が来るだけだ。仕事でたまに話すことがあるからいいと思っているのか、ただの亘佑贔屓《びいき》なのか、いずれにしても少しばかりショックだった。

「昔から亘佑のこと気に入ってたもんな……けど、なんでそこで不機嫌？　あの人、別に母さんになにもして……」

絢人ははっと息を吞む。昼間、彼女の話が出たばかりだ。星野は莉恵の顔が好みで口説くのもあり、というようなことを言っていた。ただし相手にしてくれないだろうと。

だが絢人の心を読んだように亘佑はかぶりを振った。

「違うぞ」

「え？」

「莉恵さんが口説かれたとか、セクハラされたとかじゃない。むしろその上司のことは手放しで褒めてた。日本人には珍しいような色気があるとか、男前だとか……仕事でも感謝しているらしいし、悪口は一つもねぇよ」

「だったらなんで」

「……なんとなく」

ぼそりと呟いて亘佑は立ち上がり、湯飲みを持ってキッチンへ行ってしまう。絢人は呆然《ぼうぜん》とそれを見送った。

久しぶりに子供じみた態度を目《ま》の当たりにした。どこか拗《す》ねたような、それでいてかまって欲しそうな、正直なところ少し面倒くさい態度だった。

莉恵は亘佑にとって母親のようなものだから、彼女が手放しに褒めたことで敵愾心《てきがいしん》のようなものが生まれたのだろうか。

「それはそれで可愛いな……」

亘佑に聞こえないようにぼそりと呟き、絢人はキッチンの水音が止むまで一人で笑っていた。


五月の大型連休を乗り越えて、どこかざわざわとした社内の雰囲気が収まってきた頃、以前から進めていた誘致が成功した。もともと手応えは感じていたし、口約束ももらっていたのだが、正式に契約を交わした安心感は大きい。

「まぁ、何年も先だからどう転ぶかなんてわからないけどね」

「……それを言わないでくださいよ」

星野と共に駅へ向かって歩きながら、絢人は溜め息をつく。情勢などの先行きが不明なのは確かで、現在の人気店が数年後もそうであるとは限らないのだ。もちろん一過性ではなさそうなところに声をかけてはいるが、絶対ではないだろう。

「実際あったからねぇ……倒産とか逮捕されるとか」

「倒産はともかく逮捕って……」

「あ、それはよその話ね。人気レストランを誘致したはいいんだけど、オーナーシェフが痴情《ちじょう》のもつれで人を刺しちゃって大騒ぎ」

「あ……ありましたね、そういえば……」

絢人がいまの部署に来た頃の話で、部内で一時話題になっていた。誘致候補に上っていたものの、声をかける前に事件となり、こちらは被害を受けなかったのだ。

話しながらも視線は周囲の店や道行く人に自然と向かう。飲食店の傾向にも流行があり、以前来るだろうと思っていたブームが読み通りに来ていることに満足した。

星野はいろいろな店を見ながら会社まで歩こうと言っていた。地下鉄で三駅分だからそう大した距離ではない。

「そう言えば三石設計が近いねぇ」

「あ……ああ、はい。そうですね」

見える位置ではないが、通りを挟んだビルの向こう側に亘佑のオフィスがあるはずだった。絢人は仕事で行ったことはないが、亘佑が入社する前に一度だけ二人でオフィスの前まで行ってみたことがあるのだ。

「ランチタイムだったら、偶然会うこともあるかな」

「どうですかね」

社員食堂はないと聞いているから、当然外へ行くか弁当などを買って食べることになる。いままで気にしていなかったが、亘佑はどうしているのだろうか。

（店が限定されそうだな……）

濃い味付けが嫌いだから外食は口にあわないことがある、と常々亘佑は言っているので、昼は我慢して食べているのかもしれない。あるいは抜いているのか。

「どうかした？　例の幼なじみのことでも考えてたのかな」

「あ……ええ、まぁ……昼はなに食ってるのかな、と」

「本当に保護者なんだね」

「そういうんじゃ……」

「ああ、違うか。世話焼き女房というやつなのかな」

「はい？」

道ばたで思わず足を止めてしまうくらいには衝撃的だった。兄弟のようだとはよく言われたし、親子かとからかわれたこともある。だが夫婦扱いは初めてだった。

してやったりの顔をして、星野は絢人を道の端へ連れて行く。オフィスビル前の広場はかなりの面積を取ってあり、通行人が二人ばかり立っていても邪魔にならなかった。ベンチなども置いてあるあたり、ちょっとした公園のような使われ方をしているようだ。

「あの……」

「うん。多少は狙ったけど、出来すぎかな」

「なんの話ですか」

「ここの上のほうにミサカホームの東京《とうきょう》本社が入ってるんだよ。ミサカホームって言ったら、三石の主要取引先だ」

「はぁ、それがなにか……？」

絢人の問いかけに星野は薄く笑い、視線をすっとビルのほうへと向けた。釣られて顔を向けて、絢人は大きく目を瞠ることになった。

「亘佑……」

長身にスーツが映《は》えて、遠くからでもよく目立つ。こちらを見ながらまっすぐに近付いてくる姿に妙な迫力を感じた。

歩幅が大きいから、あっという間にそばまで来てしまう。

「偶然だなぁ」

少し前に星野がやや作為的だったようなことを言っていたが、絢人は聞かなかったことにし、亘佑に声をかけた。

亘佑は無言だ。打ち合わせでもして来たのだろうが、それにしても顔付きが険しかった。とはいえ無表情に限りなく近いので、知らない人からすればただ愛想がないだけだと思うはずだった。

「あの、無愛想なやつですみません。これが噂《うわさ》の矢ヶ崎亘佑です」

「うん。写真で見るより迫力があるね。あれは大学生のときだったからかな。あ、わたしは成沢くんの上司で星野と言うんだ。よろしく」

「……初めまして。矢ヶ崎です」

もっと突っかかるものと思っていたが、意外にも軽く頭を下げて挨拶をした。とはいえテンションは限りなく低く、にこりともしていないので、社会人としては失格の挨拶だったが。

思わず肘《ひじ》で突《つつ》くも、反応はなかった。

「気にしないから、別にいいよ。まぁでもとりあえず……」

星野が名刺を取りだそうと内ポケットを探ると、亘佑は嫌そうな――だが表面上はそつのない様子で自分も倣《なら》い、名刺の交換をした。

「わたしは選考に関わっていないから、どうなるかはわからないが……あれはおもしろかったよ。この業界に関わる者として、君の今後には大いに期待しているから」

「……ありがとうございます」

「ちっともありがたそうじゃないね。やっぱりあれか、成沢くんと朝から晩まで一緒にいるのが気に入らないのかな」

「ちょっ……なに言ってるんですか、星野さん」

往来で言うことではないし、そもそも亘佑に聞かせることでもない。道行く人は目立つ彼らに注目しているものの、わざわざ足を止めてまで聞き入ってはいないから、星野の言葉も聞き取れはしなかっただろう。それでも冷や冷やして絢人は思わず周囲に目を走らせてしまった。

一方で亘佑と星野はまったく意に介さず、一見静かに対峙《たいじ》している。

「だってほら、初対面なのに嫌われる理由ってほかにないだろ？」

「え……あ、いやこいつは仏頂面《ぶっちょうづら》が基本なんですよ……！」

まさか亘佑の感情に気づかれるとは思っていなかった。絢人は慌《あわ》ててフォローするが、当人は取り繕《つくろ》う気がまったくないようだった。

「よくわかりましたね」

少しは否定してくれと絢人は心のなかで叫ぶ。担当者ではないとはいえ、星野は作品を応募した先の社員だ。それもプロジェクトの一員なのだ。愛想をよくしたからといって有利にはなるまいが、印象は悪くないに越したことはないはずだった。

「わたしから見れば若造《わかぞう》だからね。成沢くんが君を甘やかすのも無理はないかな」

「若造なのと、この人が俺に甘いのは無関係ですが」

「そうかい？」

「ええ」

二人のやりとりを、絢人はハラハラしながら見守るしかなかった。星野は妙に挑発的だが、上司に対してそれを咎めることは出来ないし、そもそも亘佑の態度が悪過ぎて庇《かば》えない。ましてここで庇うのは亘佑も歓迎しないことだ。

どうしたものかと考えていると、ふいに星野の目が絢人に向けられた。

「……なんでしょう」

「そろそろ行こうか。あんまり長く引き留めても悪いし」

「そうですね。俺たちも早く戻らないと」

急ぐ理由はないのだが、一刻も早く亘佑を星野から引き離さねばと思い、とっさにそう返した。三駅分を歩くと言っていたくらいなので、本当は時間に余裕はある。

適当にあわせてくれればいいのに、星野は故意に空気を読まなかった。

「わたしたちは時間があるし、お茶でも飲んで行こうか」

「お茶飲んでたら歩いて帰る時間がなくなるじゃないですか」

「散歩デートもいいけど、やっぱりね、デートと言ったら昼間はカフェでしょう。仕事帰りにバーでもいいよ、もちろん」

「前提がおかしいですよ。そもそもデートじゃないですから」

契約の帰りに会社まで視察がてら歩く、だけのことだ。これもまた星野らしい話だが、亘佑がいてもおかまいなしなのは閉口した。いや、いるからこそ、なのかもしれないが。

ちらりと亘佑を見ると、いまにも舌打ちしそうな顔をしていた。

「じゃあ、俺たち行くから。仕事頑張れよ。引き留めてごめんな」

「またね、幼なじみくん」

星野は手を振った後、当たり前のように絢人の背に手を添えて歩き出す。さりげないしぐさなので悪目立ちするようなものではなかったし、すぐに離れていったから、奇異な目で見られるということもなかった。一応外だという配慮はあったらしい。これが社内だったら手がまわっていたのは腰だったはずだ。

怖くて亘佑を振り返れなかった。別れ際に無言ではあったものの会釈《えしゃく》していたが、どんな顔をしていたかまではわからなかったのだ。

十分に離れてから絢人は溜め息をついた。

「一体どうしたんですか」

「なにが?」

「妙に亘佑に絡《から》んでましたけど」

亘佑の態度もよくなかったが、星野もまた普通とは言いがたいことを口にしていた。あくまでそれは悪意からではないように思えたが、初対面の相手にしたことが意外だったのだ。星野は誰彼《だれかれ》なくあいったことをする人間ではない。

「ああ……なんかね、妙にいじりたくなって。生意気そうな目をしてたから、つい」

「確かにあの態度はどうかと思いましたし、それについては本当に申し訳ありませんでした。後でよく言って聞かせます」

「そこは本当に気にしてないから。あれはね、わたしだからだと思うよ」

「いやでも、そこは社会人としてどうかと思いますし」

帰ったら説教だなと思いながら、絢人はこっそりとまた溜め息をついた。星野は興味深そうに見るだけで、なにも言わなかった。

そうして数百メートルほど歩いたとき、突然星野は「ここだ」と足を止めた。

輸入雑貨が中心の店で、一角がカフェになっている。席の一部はオープンテラスで、この季節には気持ちがよさそうだ。

「こういう雰囲気の店もテナントにあっていいですよね」

「そうだね。ああ、席は空いていそうだよ」

「え……本気だったんですか」

「もちろん」

言いながら星野は店へ入って行く。店内は女性ばかりで、カフェにいるのも同様だ。気恥ずかしさは少しあるが、ずいぶんと慣れてしまったものだと思う。この手の店には、この数年で何度も星野と訪れている。

店に置いてある商品は輸入ものが多いようだった。特定のブランドや国で固めているのではなく、オーナーが気に入ったものを入れている、という形だろう。

「うん、やっぱり雑貨店は出来れば日本未上陸のが欲しいな」

星野は店内を見まわし、小さく頷いた。この店のセンスはいいと絢人も思うのだが、星野の考えでは客にアピール出来るブランド力が欲しいのだろう。

「北欧系はずいぶん上陸しましたしね……」

「探しに行けたらいいんだけど、さすがに海外までは無理かな……うん、プライベートで行って、観光がてら探すのはどうかな。行かない？」

「は？」

「頭に入れておいて。よかったら夏にでも休暇をあわせて、ね」

絢人の肩をぽんと叩いて星野は店員の声に応じるために向き直った。案内されていく彼に続いてカフェに足を踏み入れながら、絢人は苦笑する。

ついに彼の軽口は海外旅行まで出るようになったんだな、なんて思いながら。


「おい」

家の前で鍵を手にした途端、呼びもしないのに隣の部屋から亘佑が飛び出してきた。見張っていたのかというほどのタイミングだった。

「な、なんだよ」

「あいつ……あの上司。やっぱりそうだったじゃねぇか。あれはヤバいだろ」

「ち……近い近い」

意味不明なことを言いながら詰め寄ってくる亘佑によって、絢人の背中は玄関ドアに押しつけられた。外廊下ではないし、いまは人の姿もないからいいが、目撃されたら困る構図だ。

なにが悲しくて男の絢人がいわゆる「壁ドン」なるものをされなくてはならないのか。

(後ろは壁じゃなくてドアだけどな)

どうでもいいことを考えてしまったのは現実逃避にほかならない。絢人は大きな溜め息をついて亘佑の肩を軽く叩いた。

「待て。とにかくまず家に入ろう。話はそれから聞く」

なんとかなだめすかして家に入ると、ドアが閉まるか閉まらないかというタイミングでまた亘佑が息巻いた。

「あいつ絶対、あんたのこと狙ってる」

「はぁ?」

「そういう目だ。なにが伊達男だよ。思いっきり猛禽類《もうきんるい》じゃねぇか」

いつになく早口で、苛立《いらだ》っているのがわかる。いや、どこか浮き足立っているようにも見えるから、これは慌てているのかもしれなかった。

「猛禽類……」

「そういう目だったんだよ」

さっきは突然のことに驚いてしまったが、亘佑を見ていたらすっかり落ち着いた。絢人は聞こえるようにあえてまた大きく溜め息をついた。

「落ち着け。とりあえずメシにしよう。すぐ作るから」

「後でいい。メシより、あの野郎のことだ」

「あの野郎って星野さんのことだよな？」

さっきも伊達男という言葉が出たし、話の流れとしてもほかには考えられなかった。まして亘佑がここまで感情を剝《む》き出しにしていることからも。

室内へ移動するあいだも、亘佑はずっとイライラしていた。

「決まってんだろ。あいつはマジだ。俺のこと挑発《ちょうはつ》してきやがった」

「はぁ……？」

「あんたは無防備過ぎるんだよ……っ」

「いやだから、落ち着けよ。っていうか、おまえ口悪くなってるぞ？　そういうのは大人になったから直したんじゃ……？」

「知るかよ。そんなことより、あのニヤケた上司の話だろ」

「だろ、って言われてもなぁ……俺にしてみれば、なに勘違いしてるんだって感じなんだけど」

上着をハンガーにかけてクローゼットにしまい、絢人はネクタイを緩めながら冷蔵庫の水を取って椅子に座った。

やけに喉《のど》が渇いていた。

「勘違いなんかじゃねぇよ」

「あのなぁ、星野さんは異性愛者だし、恋人だって山ほどいるんだぞ。レベルの高い美女がよりどりみどりなんだぞ」

絢人は前に一度だけ、星野の「彼女」と出くわしたことがある。仕事帰りに飲みに行ったとき、たまたま近くの席にいたのだ。三十歳くらいの色っぽい美女だった。だがその美女に言わせると、彼女レベルの女が星野には何人もいるそうだ。星野も否定しなかったので事実なのだろう。

「だいたい根拠はなんだよ。世間話しかしてなかっただろ?」

「カン。と、やつの目つき」

「つまり思い込みだろ」

「違う。あれは部下を見る目じゃねぇよ。ふつうデートなんて言うか? それにやたらベタベタ触ってた」

「あれが星野さんのコミュニケーションというか……いや、女の人にやったら問題視されそうだから、さすがに会社ではやらないけどさ。俺には遠慮がないっていうか……」

その後、常々絢人が考えている星野なりの職場の空気の作り方だとか、絢人の役割だとかいったことを、懇切丁寧《こんせつていねい》に説明していったのだが、亘佑は微塵《みじん》も納得しなかった。むしろ星野の普段の言動を知ってさらに目をつり上げてしまった。

「セクハラじゃねぇか。いや、パワハラか」

「だからそういうんじゃなくてさ……」

「食われねぇように、ちゃんと警戒心持て」

「いや、仮《かり》に……百歩譲《ゆず》って星野さんがマジだったとしても、あの人は無理矢理どうこうするような人じゃないよ」

「ずいぶん信頼してるんだな」

今日の亘佑はことさらわかりやすかった。あからさまにムッとして、ここにはいない星野に嫉妬心《しっとしん》を剝き出しにしている。

絢人と莉恵が揃って星野に好意的だからだろうか。亘佑のそれはもはや敵愾心と言っても過言ではないくらいだ。

のらりくらりと亘佑の剣幕《けんまく》をかわしているうちに、亘佑は大きく舌を打った。

「ああ、もうマジで知らねぇ！　くそっ、今度の賞取るまではって思ってたのに……！」

「は……？」

「もういい。やめる。これ以上のんびりかまえてる場合じゃねえっての」

「ええと……」

勝手に一人で盛り上がっている亘佑に付いて行けず、絢人は水を飲んでふうと息をついた。それがまた亘佑の火に油を注いだらしく、そろそろ夕飯の支度でもと立ち上がったところで、ガッと肩をつかまれた。

「聞け！」

「は、はいっ……？」

鬼気迫る表情だ。とても茶化すことなど出来そうもなかったし、少し肩が痛いと訴えることも出来なかった。普段なら遠慮なくそうしているが、いまは無理だった。

逃げ出したいと思うほどの緊張感に、絢人は目を逸《そ》らせなくなる。

「絢人」

低い声が耳に心地いい。亘佑に名前を呼ばれるのはどのくらいぶりだろうか。いつの頃からか、彼は絢人に対して「あんた」としか呼びかけなくなった。人に話すときは「あの人」や「この人」ですませるようになってしまった。

ざわりと肌が粟立《あわだ》つように震えるのがわかる。そして間近に見る亘佑の顔に、目を奪われるなんて思いもしなかった。

「愛してる。あの頃からずっと変わらねぇ。今度こそ俺のものになれ」

絢人は小さく吐息《といき》をこぼした。

目の前の姿に十年前の姿が重なって、無意識に目を細めた。

あのときも、彼は「愛してる」のだと言った。いまよりも少しだけ高い、けれどもすでに声変わりの終わった声で。

絢人の目線はあのとき下を向いていた。困って苦笑に近いなんとも言えない笑みを浮かべたら、強い語調で「俺のものになってくれ」と言った。

いまは絢人が見上げなければならない。あのときとは違い、笑みも浮かんではこなかった。

ただ戸惑《とまど》って、うろたえるようにして視線を動かして、うるさいくらいに跳ねている心臓に無意識に手をやるばかりで――。

十年前にはこんなことはなかった。もっと冷静に聞いていたし、むしろ微笑《ほほえ》ましいような困ったような気持ちで亘佑を見ていられた。

あり得ないはずだった。いまさら亘佑を相手にときめくなんて、あるはずがないのに。

「こ……今度は『なれ』なんだな……」

気がつけばそんなどうでもいいようなことを口走っていた。

「頼むのはやめたんだ」

「で、命令？」

「どうせ俺を切り捨てるなんて出来ないんだし、結局はあんたが折れるしかないだろ」

なんていう言い分だろうか。笑いたいような泣きたいような、自分でもよくわからない感情が渦巻《うず》いている。

まっすぐな目は、答えを求めていた。

「……勝手に決めるな。おまえとそういう関係になる気はないよ……」

どこか戸惑い気味で、ひどくぎこちない声になってしまった。言った絢人ですら、いまのは拒絶にならないと思った。

まして亘佑の目を見て言えなかった。

「そんな返事じゃ断りにもなってねぇよ。まぁ、どんな返事だろうと引き下がる気はないけどな」

「亘佑……」

「十年前、あんた言ったよな。勘違いだって。大人になれば、気づくって」

「……そうだな」

はっきりと覚えていた。あのときの亘佑の表情まで、昨日のように。それだけ絢人にとっても大きな出来事だったのだ。

いつの間にか亘佑は落ち着いた様子で絢人を見つめていた。

「でもずっと変わらなかった。俺はあんたのことが好きなままだし、これから先もずっとそうだ。何年たったって同じなんだ」

肩を強く引かれ、その勢いのまま亘佑の胸に飛び込むことになった。そうして長い腕に強く抱きしめられる。

なにを言ったらいいのかわからなかった。抵抗する気も起きない自分を不思議には思わなかった。

十年前の告白は、絢人のなかではすっかり過去のことになっていた。だが亘佑にとっては終わってなどいなかったのだ。

「けど、おまえだったら、いくらでも……」

「ほかのやつじゃ意味ねぇんだよ。わかれよ。俺が欲しいのは絢人だけなんだ。十年以上好きなんだぞ。もう勘違いだの思い込みだの言わせねぇ」

暗に過去の対応を責められている気分になったが、当時はあれで間違っていなかったとは思っている。正解だったかはともかく、あのときは気持ちの針がぴくりとも動かなかったのだから、断るしかなかったのだ。ただし告げた言葉には配慮が足りなかった気もしたが。

絢人は溜め息をつき、とりあえず離してくれと亘佑の腕を軽く叩いた。

「逃げないから、座って落ち着かせろ」

「じゃあこっち」

離す代わりに手を繫《つな》ぎ、亘佑はベッドに腰かけて絢人を見上げた。隣に座れと言っているのだ。

「椅子じゃだめなのか？」

「まだなにもしねぇから座れよ」

「まだってなんだよ、まだって……」

全身で警戒をあらわにすると、亘佑は小さく舌打ちした。そして業《ごう》を煮やして、無理に絢人を引き寄せて隣に座らせると、腰に手をまわしてきた。

恐ろしいほどの早業《はやわざ》だった。

「なんだよこの手は……っ。なにもしないいんじゃなかったのか？」

「あの上司だってこのくらいやってるんだろ。なんで俺はだめなんだよ」

「あれはチームの雰囲気を和ませようと……」

「俺の前でやった理由は？　二人きりのときもやってるんだろ？」

ぐうの音《ね》も出ないとはこのことだ。答えも持たず反論も言えず、なによりこの距離感が嫌じゃない自分に説明も出来ず、絢人は嘆息して黙り込んだ。

今日ほどソファが欲しいと思ったことはなかった。

「そういうわけだから、あんたの返事はＹＥＳしかないんだよ」

「どういうわけだよ。だいたい横暴過ぎると思わないのか？　俺の意思をまるっきり無視ってどういうことだよ」

「意思はともかく、気持ちは無視してねぇだろ」

「は？」

「だってあんたも俺のこと好きだろ」

「な……」

今度こそ言葉が出てこなかった。なにをバカなと反論しようとして、どうしてもそれを言うことが出来ない。

図星《ずぼし》だなんて思わないが、否定することも憚られた。

「俺のこと、本当は意識してるだろ？　弟にしか思えない……なんて言わせねぇよ」

「そんな、こと……」

目を逸らしたまま否定しようとすると、繋いだままだった手を持ち上げられた。亘佑は絢人の目を見ながら、その手に唇を寄せる。

手の甲にキスをされて、熱の籠《こ》もった目で見つめられて、硬直したまま動悸《どうき》が治まらない。

当然だがこんなことをされたのは初めてだ。普通男がされることではないのだから。

「顔赤いな。弟ならこんな反応しないだろ」

「う……うるさいっ」

頭のなかはとっくに飽和《ほうわ》状態で、ろくな言葉が出てこなかった。意味のない悪態《あくたい》をついて手を引っ込めようとしたが、強くつかまれて適わなかった。

「言っておくけど、ほかに恋人作ってもまた別れさせるから。結局あんたといるのは俺なんだよ」

「おい、いま聞き捨てならないことを聞いた気がするんだけど」

確かに亘佑は「また」と言った。それが意味することは一つだ。

「ああ……全部追い払った。非合法な手段は使ってないから大丈夫だぞ。傷つけてもいないし、不幸にもしてない」

「……」

思わず遠い目をしてしまった。過去に何人かいた彼女たちとはいずれも長続きしなかった。いつも心変わりされて絢人が振られる形だった。てっきり自分は彼氏としては問題のある人間なのだと思っていたが、どうやら違ったようだ。

暗躍《あんやく》していたらしいことを聞いても腹は立たなかった。むしろ少し気が楽になっていた。

「怒らないのか？」

「いまさらだし、それで心変わりしたなら、その程度だったんだろうし」

そもそも絢人自身が彼女たちに執着していなかったのだ。別れを告げられても常にあっさり受け入れ、むしろ言った相手のほうがショックを受けていたこともあったほどだ。

そうして彼女たちは一様に言うのだ。「なんとなく気づいてたけど、わたしのこと大して好きじゃないよね」と。使う言葉や表現は違っても、意味はほぼ同じだった。

「それこそ、ほかにいくらでもいるやつらだったんだろ」

「……そうかもな」

「俺とは違う。あんたにとっても、俺は特別だろ？」

「そりゃそうだよ」

思い入れの強さも過ごしてきた時間も、亘佑とほかの誰かを比較することは出来ない。気持ちの深さや強さと時間は必ずしも比例するものではないが、絢人の場合はそうだった。亘佑もそうだろう。

星野の存在に焦《あせ》りつつも、亘佑には自信があるのだ。

「俺の気持ち知ったら、もうほかのやつなんて選べねぇよ。あんたは絶対そうだ」

「そこまで自信あるならテンパるなよ」

「あいつはヤバいと思ったんだよ。タイミング見てるんだか、余裕かましてんだか知らねぇが、あいつが本気で動いたら、あんたなんか簡単に手玉に取られる」

「それは……」

あり得ないと言い切れないのが情けなかった。星野に気持ちがあるとかないとか以前に、あの男だったら可能かもしれないと思えたのだ。そんなふうに思わせるものが星野という男にはあるのだった。

「もしそうなっても、俺は諦《あきら》めねぇけどな。全力で奪いに行く」

「え……？」

「気分的に嫌だから、阻止《そし》すっけど。あいつには一瞬でもあんたを渡したくねぇ」

なにが亘佑をそこまで駆り立てるのか理解出来なかった。よほど亘佑と星野は相性が悪いのかもしれない。

「そもそも星野さんにそんな気があるとは思えないけど、まぁ……やろうと思ったら出来そうな気はするかな」

「だからその気があるんだよ。いままでのやつらとは違うんだ」

亘佑曰《いわ》く、これまでにも絢人が意識した相手や、絢人を狙っていた者は把握していたそうだ。前者はもちろん女性だが、絢人は自分から動くことはないので気づいても放っておいたという。後者に関しては気づいた時点で亘佑が排除していたらしい。それでも絢人が女性から交際を申し込まれることは阻止出来なかったので、関係が出来てから遠ざける方法を選んだわけだった。

「断っても逃げたとしても、一生付きまとうからな」

「おまえ、一つ間違ったらものすごくヤバいやつだったんだな」

「絢人が俺のものになれば問題ない」

「そうかもしれないけど、それって脅《おど》しじゃないか？」

さすがに呆《あき》れて溜め息をつきそうになったが、そんな亘佑でも突き放す気にはなれない。むしろどうにかしなくては、という使命感のようなものが湧いてくる。一種の依存だと言われたら否定出来なかった。

「俺のこと好きなんだから脅しじゃないだろ。前とは違うってこと、あんただってわかってるはずだ。あんたには俺しかねぇんだよ。だって俺以上にあんたのこと好きなやつはいねぇし、俺以上にあんたが心を許すやつだっていない」

「珍しく饒舌《じょうぜつ》だな……」

絢人は苦笑をこぼした後、なにも言えずに黙り込んだ。

いまのは亘佑の言う通りだ。この先、誰かと生活を共にしていく自分というものが、絢人には想像出来ないのだ。あり得るとしたらそれは亘佑しかないだろうとも思う。

それにしても、なにが亘佑をここまで頑《かたく》なにするのか。手に入らないからムキになってしまうのだろうか。ならば手に入ったら、冷静になるのだろうか。

ずいぶんあれこれ考えた末に、長い沈黙を破ったのは絢人の溜め息だった。

「じゃあ、仮のOKってことで」

「仮?」

不満そうな声が返るのは予想通りだ。探るような、それでいて期待するような目が、射るように絢人に向けられている。

「そう、お試し期間」

「なんで」

「俺もさ、ずっといるならおまえだってとこには同意するよ。意識してるって言われたら、まぁそうなんだと思う。けどなぁ……恋人って言われても……それはどうなんだろうって感じなんだよ」

ようするに心の準備が欲しいというだけなのだが、口は勝手にごちゃごちゃとつまらないことを言っていた。

男同士は初めてだし、相手は亘佑だ。好きかもしれないと自覚したばかりで、すぐにどうこうは無理だと思った。

「仮が嫌なら保留でもいいんだけど」

「……仮でも恋人は恋人なんだな？」

「ま、そうだな。保留はただの返事待ち状態で、いままでと大して変わらないけど、仮は一応恋人としてやってく感じかなぁ」

「恋人としてやって……」

「うん。でも取り返しが……うわっ」

突然襲った衝撃に思わず声が出た。後ろに倒れ込んで背中がベッドに受け止められてから、亘佑に押し倒されたのだと知った。

端整《たんせい》な顔が間近に迫っているのに気づいたときには、すでに唇が塞《ふさ》がれてしまっていた。

「ん……んんっ……」

心の準備以前の問題だった。確かに仮の恋人だとは言ったが、恋人がやることをそっくりしていいとは言っていない。むしろ制限をかけようとしていた矢先だったのに。

舌を入れてこようとする亘佑に、握った拳で思い切り脇腹を殴ってやる。舌を入れるだけでなく、身体までまさぐっていたのだからこれは当然の処置だ。

「いっ……てぇな、なんだよ」

亘佑は大いに不満そうだが怒ってはいなかった。昔から、彼が絢人に対して本気で怒ったことはないのだ。逆もまた然《しか》りだ。

「なんだよ、は俺のセリフだバカ！　いきなり押し倒すとか、あり得ないだろ」

「恋人なんだろ。だったら抱いてもいいんだよな」

「忘れるな。仮、だぞ。おまえ恋人がどうこうの部分しか聞いてなかったな？　知らなかったよ、おまえ暴走するタイプだったんだな」

この男のどこがクールなのかと呆れてしまう。いまだって絢人の目の前で、ギラギラとした獣のような目をしているというのに。

わかったならどけと亘佑を押しのけ、絢人は身体を起こす。

やれやれと溜め息が出た。

「そうか……セックスもありなのか……」

絢人はここへ来て初めて男同士の恋愛について深く考えてみた。男女ならば自然に考えつくことでも、男同士だと無意識に避けていたような部分があったようだ。さんざん星野にセクハラまがいのことをされていたというのに。

「セックスねぇ……」

「嫌か？」

「うーん、どうなんだろ。積極的にしたいわけじゃないけど、どうしても嫌とか無理とかいうわけでもないような……」

それは過去の恋愛でも同様だった。違うのは絢人が抱かれる立場になった、ということだ。そうと決まってはいないはずだが、なにしろ亘佑はその気だし、絢人は特に強い主張がない。いや、正直なところ亘佑を抱きたいなんてこれっぽっちも思えないのだ。

「好きだったら抱きたいと思うのが男として当然なのかな？　だったらおまえのこと、好きじゃないことになるんだけど」

「抱きたいか抱かれたいかじゃなくて、相手に欲情すればありじゃないか。もともと男は対象外なんだし」

「ああ……」

「ようは相手が欲しいかどうかだろ。身体も含めて、相手の心が欲しいかどうかだ。恋人相手なら、セックスは目的じゃなくて手段だし」

「なるほど」

絢人には到底信じられないことだが、世のなかにはセックスが目的で相手と会う人間も大勢いる。しなくても付きあえるならそれに越したことはないと昔から思ってきたくらいなのに。

「俺ちょっと普通じゃないのかなぁ……したいと思ったことないんだよ。セックスって、ただの義務」

「だろうな。つまりそんなあんたを欲情させたら俺の勝ちってことだ」

「勝ち負けじゃないだろ……」

どんな恋人同士だと呆れながら、繋いだままの手を見つめる。

絡む指先は、いわゆる恋人繋ぎというものになっていた。思えばこんなふうに手を繋いだのも初めてだ。

ふわふわとした甘ったるい気分がゆっくりと湧いてくる。

これでもう十分じゃないかと思ったが、言えば大反論を受けるのがわかっているので、なにも言わずに指先に少しだけ力を入れてみた。

「どうしたの。悩みごと？」

テーブルの向かいからかけられた声に絢人は我に返った。

星野に誘われたランチは会社近くのホテルにあるラウンジで、せわしなさがないので星野が好んで使う店だ。彼は多人数で行くときはここを使わない。主に絢人を連れて来るのだ。

「あ……いえ、失礼しました」

「なにを考えていたのか教えてくれたら許してあげるよ」

「いや、大したことじゃないので……」

子供じみたことを笑いながら言っているが、威圧感はかなりのものだった。言わなければいけないような気持ちになりつつも、なんとか逃げようと愛想笑いを浮かべた。

もちろん通用するはずもなかったが。

「大したことがないなら言えるよね？」

笑顔がそこはかとなく怖くて、絢人は観念した。

「……あの、いや……ほんとに仕事とか全然関係ないことなんです。むしろ……上司に言うことじゃないと言うか……」

「ああ、シモの話とか？」

「っ……」

とっさに思わず息を飲むと、星野のしたり顔が目に入った。いまのは肯定《こうてい》したも同然で、否定したりごまかしたりしたところで通用しないだろう。わかっていても足掻《あが》きたかった。

「図星だ」

「違いますよ。いや、違わなくもないいんですけど……あの……」

「うん？」

食後のコーヒーはまだたっぷり残っている。湯気の立つそれを優雅に飲みながら、星野は視線で先を促《うなが》した。

溜め息をついて、絢人は言った。

「つまり、その……プラトニックな恋愛は、成り立たないのかなぁ……と」

「セックスレスということかな？」

「そうです」

上司を相手に、昼間のラウンジでする話ではないが、言ってしまったものは仕方ない。経験豊富そうな星野に聞くのもいいかもしれないと思った。恋人が多数いる彼の意見は、ある程度想像がついているが。

「お互いがそれで納得しているなら成立するんじゃないかな」

「片方だけじゃ無理ですかね？」

「無理だね」

星野は静かにきっぱりと断言した。

「無理ですか……」

「どちらか一方が我慢し続けなきゃいけないような関係は、どうかと思うしね。それでも続けるメリットとか、やめるリスクがあるなら別だけど」

「メリットやリスクって……」

「離婚したいとかしたくないとか、金が絡んでいるとか」

「はぁ……」

にっこりと笑う星野から思わず目を逸らした。思えば彼は離婚経験があったのだ。本人は気にしていないらしいが、なんとなく言葉を返しづらいものがあった。

「まぁ所詮《しょせん》は本能だから、セックスしたいと思うのも自然なことじゃないかな」

「……そうなんでしょうね」

「よくわからないって顔だね」

「え？」

「君は淡泊《たんぱく》そうというか……自分からしたがるタイプじゃなさそうだよね」

「いや、あの……」

わずかに細めた目で見つめられ、逃げるようにして目を逸らした。こういう話題は特に苦手というわけじゃない。酔った同僚や友人とのあいだでもよく出るし、そのときは笑いながら適当にあわせてきた。好きではないが、嫌いでもないのだ。

なのにまっすぐ見つめ返せなかった。

「察するに、矢ヶ崎くんとの関係に進展があった……というところかな」

「え……」

「君も大概《たいがい》わかりやすいよね。そうか……セックスなしなら受け入れてもいい、っていうところまでは来たわけか」

なるほど、と呟いて星野は楽しげに笑う。

余裕のあるその様子を見る限り、亘佑の見解が間違っているとしか思えない。もしも星野が絢人に本気だと言うならば、こんなふうに笑ったりはしないだろう。あれは亘佑の嫉妬心が生んだ思い込みなのだ。

「それで、返事はしたの？」

「ノーコメントです。プライベートなので」

「なんだ、つまらないな」

オモチャを取り上げられた子供のように拗ねられても、絢人は決して首を縦には振らなかった。あまりしつこく絡んでこないのが星野という男だし、もう店を出なければならない時間だったから、自然とこの話は流れていった。

続きが数日後に待っているなんて、そのときは思いもしなかった。


仮の恋人になって一番変わったことは、日に何度もキスをするようになったことだ。

朝起こすときにキスをされ、出かける前にまたキスをされる。帰宅したら当然キスで、寝る前にもキスだ。一緒に部屋を出るのに「行ってきます」のキスは無意味じゃないかと主張したのだが、不意打ちでされたり無理矢理されたりしているうちに、諦めて好きにさせるようになってしまった。

この諦めの早さだとか無駄なことをしたくないといった姿勢が、亘佑を付けあがらせる要因だとわかっているのだが、いまのところ最低限の言いつけは守っているのでよしとしている。

キスはいいが舌は入れるな。それがキスの条件だ。

結局のところ恋人らしいことと言えばそれくらいだった。亘佑はどちらかの部屋で一緒に生活したいと言ったが、半同居で十分だと絢人が押し切った。そのうちに泊まり込んでいくことが増えそうで警戒している。

恋人なんだからと押し切られて合鍵を渡してしまったから、以前にもまして絢人の部屋に来る頻度《ひんど》が増えてしまったのだ。最近では絢人の帰宅を知ると呼びもしないのに合鍵を使って入って来る。

きっと今日も仕事をしながら、あるいはどこかのコンペ作品に着手しながら、絢人の帰りを待っているに違いない。

「さっきから妙にそわそわしてるけど、もしかして約束かなにかあるの？」

他部署との懇親会という名の残業を終え、ぞろぞろと店を出ていると、後ろから碓氷に背中を叩かれた。

「別にないよ」

「えーほんとー？　彼女出来たんじゃないのー？」

酔っているせいか、普段なら言わないようなことを口走り、碓氷は肘で絢人を痛いほど突いた。

女性というものは鋭いのか、あるいは碓氷が特別カンがいいのか、不思議と絢人に彼女が出来ると気づかれてしまうのだ。そして別れてもすぐに悟られてきた。

ここで否定してもしつこく絡んでくるだけだ。絢人は曖昧《あいまい》に頷いて逃げようとした。

しっかりと服をつかまれて、それは叶わなかったが。

「やっぱり！　すっごい久しぶりじゃん。確か……三年ぶりくらい？」

「あー……そうかな。そうかも……」

どうしてそこまでチェックと記憶力がすごいのかと薄ら寒くなった。そのうち相手が亘佑ということまでバレてしまいそうで怖くなる。

「よかったよかった。あれか、肉食系でぐいぐい来るタイプ」

「なんでわかるんだ」

「だってそういう相手じゃなきゃ無理でしょーが。キミはねぇ、そのきれいな顔で釣るしかないのよ。受け身の恋愛しか出来ないタイプなの！」

びしっと指で差され、結構なひどいことを言われた。しかもすぐそばで聞いていた星野が、小さく噴き出した。

「あ、星野部長」

「いや、その通りだなぁと思って、つい」

「ですよね？　えっちだって、しょうがなくするタイプですよ。この人と一晩二人だけでラブホとかに泊まっても、なにもされない自信があるわ」

同情的な視線が主に男性社員たちから向けられた。女性たちも聞いているのだが、誰一人として庇わず、それどころか「あー」などと納得したような声を出した。

絢人は遠い目をした。これは立派なセクハラではないだろうか。

「それくらいにしてあげなさい。成沢くん、泣いちゃうから」

「はーい」

星野の声に社員たちは散り散りになっていく。二次会へ行く者もいれば、駅へと歩いて行く者もいる。そんななか、なだめるように星野は絢人の肩を叩いた。

その顔はやはり楽しげに輝いていた。

「碓氷くんのセクハラと、わたしのと、どっちがマシ？」

「星野さんです」

思わず即答したら、ますます星野は笑った。彼もまたアルコールが入っていい気分になっているのだろう。

絢人も少しは酔っていたが、セーブしていたので大したことはない。飲み過ぎるな、と亘佑から口を酸っぱくして言われていたからだ。

気が付くと、店の前で二人だけ残されていた。社員たちは星野と絢人が二人だけでいることに慣れ過ぎているのだ。あるいは星野のことは絢人に任せてしまえ、という考えなのかもしれない。

「さっきは笑っちゃって悪かったね。受け身なんて言うもんだから別の意味で考えちゃって。ほら、姿勢だけじゃなくてセックスのポジションもだな、って」

「星野さんっ」

「はは、悪い悪い。さてと、あっさり置いていかれてしまったね」

「あ、ああ……そうですね」

矛先《ほこさき》をずらされて、絢人は肩から力を抜いた。ふうと息をつき、ひとまず冷静になる。話が終わったのならば、いつまでも感情的になっていることもない。

「わたしはタクシーで帰ろうと思うんだが、途中までどうかな。セクハラのお詫《わ》びに」

「あ……はい。よろしくお願いします」

星野の住まいとは方向が一緒で、遅くなったときなどによく乗せてもらってきたから、今日も抵抗なく同乗させてもらった。

乗り込んだタクシーはラジオが流れていた。ナイター中継だ。ドライバーはこのままでいいかと尋ね、星野はかまわないと答えた。特に気にすることでもないのだろうし、ラジオが流れていたほうがこちらも話しやすそうだ。

「ちょっと雰囲気があれだけどね」

「あれ？」

走り出したタクシー内で、星野は呟いた。普段よりもぼそぼそとした声は、走行音と実況の声で少し聞き取りにくかった。

「そう。口説くようなムードじゃないなと思って」

「はは、そうですね」

いつもの軽口だ。そう思って笑っていたら、不意に手を握られた。

きょとんとして星野を見ると、彼は絢人を見つめていた。表情は暗くてよく見えないが、いつもの笑顔ではないような気がした。

「星野さん……？」

「うん。そろそろ本気出そうかなぁと。矢ヶ崎くんも頑張ってるみたいだから」

「え？」

「予定が狂っちゃったよ。夏にヨーロッパあたりまで連れ出して、落とそうと思ってたのに」

「また、そんな冗談……」

手を引っ込めようとしたが、しっかりつかまれた手は引き抜くことが出来なかった。あまり変な動きをするとドライバーが不審に思うかもしれないし、車載《しゃさい》カメラに映像が残ってしまうのだ。自然と声も小さくなった。

「冗談なんかじゃないよ。いまさら信じられないかもしれないけど」

「だって星野さんは、いつもそういうことを言うじゃないですか」

「男には言わないよ、普通はね」

「それはチームの雰囲気作りでしょう……？」

「だったらどうして、いま言う必要が？　それに前から、結構外でも言ってたよね？」

外からの明かりに一瞬映し出された彼の表情に、絢人は思わず息を呑んだ。

まさしく亘佑に指摘された通りで、ぐうの音も出なかった。本当に絢人の認識が甘かったのだ。ここへ来てもまだ信じられないという思いのほうが強かったが。

星野は亘佑と同じ目をしていた。熱っぽくて欲に濡れた、獰猛《どうもう》な捕食者の目だ。

ぞくんと鳥肌が立った。

「は……離して、ください」

「いままで平気だったのに、本気とわかったらダメなんだ？」

「それはそうでしょう」

「でも、そのほうがいいかな。意識してくれたってことだからね。全部笑って流されるよりはずっといいよ」

早く着いてくれと何度も心のなかで呟いた。幸い道は空いていて、十五分ほどでマンション界隈《かいわい》が見えてきた。そのあいだも何度か手を引き抜こうとしたのだが、結局どうにもならなかった。

「さっきの話だけど……」

「え？」

「君が受け身だという話。前にセックスレスの恋愛はどうかって、わたしに聞いただろう？」

「え……ええ……」

「つまり君はセックスに意味が見いだせないでいるんだろう？　快感よりも、こんなものか……って感じだったんだろうし、面倒のほうが大きかった。違うかな」

「なんで……」

星野とこんな話までしたことはなかった。何度か過去の付き合いについて聞かれたことはあったが、そこまでの話はしなかったのに、どうしてこうも核心を突いてくるのだろうか。

目を泳がせていると、星野は顔を近づけて、囁《ささや》くように言った。

「抱かれてみたら価値観が変わるかもしれないよ。君はそっちのほうが向いてる気がするんだ」

とっさにかぶりを振りながら目を逸らす。深追いされるかと思ったが、星野はふっと笑って顔を前へ向けた。

「運転手さん、次の信号を左でよろしく」

星野は指示を出し、タクシーが幹線道路から脇道へ入っていく。いつもは近くで停《と》めて絢人を降ろすのに、車はまっすぐマンションへ向かっていた。

「どうして……」

「少しでも君と長くいたいからね」

恥ずかしいことをさらりと言い、間もなく星野はドライバーに停止を指示した。マンションの少し手前だった。

ようやく手を離してもらえるかと思っていると、星野はドライバーに札を渡し、釣りを断ってそのまま一緒に降りてしまった。

「ちょっ……星野さん、なにやってるんですか」

「さっきの続きをね。逃げないって約束してくれたら手は離してあげる」

「し、しますからっ」

さすがに自宅前で男に手を握られ続けたくはない。時間的に人通りは少ないはずだが、いつ誰に見られるかわからないのだ。自分のテリトリーで下手な真似《まね》はしたくなかった。

手が離された途端、無意識に後ろに持っていった。それを見て星野はくすりと笑った。

「可愛いねぇ」

「三十過ぎた男になに言ってるんですか」

「いや、実際可愛いから。だいたい君、そんな年に見えないしね。肌もつるつるだし、まだ曲がり角に来てないんじゃないか？」

「見た目のことはいいです。あの、とにかく困りますし、お断りしますのでっ」

「ねぇ、さっき……車のなかで、わたしのことを『男』として意識してたよね？　ああ、当然性別って意味じゃなくて、自分を狙う『オス』って意味で」

「そんなことは……」

逃げ腰の絢人は少しずつ後ろに下がり、同じだけ星野は近付こうとする。距離は変わらないまま、じりじりとマンションに近付いていた。

「怖かった？　拒絶反応ってわけじゃないよね？」

問われて初めて意味を考えてみた。あの瞬間、確かに怯《おび》えた。そしてもし星野があれ以上のことをしてきていたら、きっと外聞《がいぶん》など考えずに大声で拒否していたに違いなかった。嫌悪ではない。だが無理だと思った。

「あ、の……」

口を開こうとした瞬間、星野の雰囲気ががらりと変わった。

「今日はここまでだね」

「え……？」

「さっきのあれは、怖かったからって思っておくよ。君は順応力《じゅんのうりょく》が高いし、すぐに慣れるよね」

星野はもうすっかり普段通りだ。なにか企《たくら》んでいそうな笑みを浮かべたまま、すっと顔を上げて絢人の背後を見る。

マンションのエントランスが開く音がした。振り返ると亘佑が眉間《みけん》に皺《しわ》を寄せながら歩いてくるところだった。

以前も思ったが、彼はどうやって絢人の帰宅を知るのだろうか。窓から見ているのも微妙な話だし、なにか仕掛けられているのだとしたらしゃれにならない。

「怖がらせたお詫びに明日は半休にしておいてあげるから、午後からおいで」

最後に軽く絢人の頬を撫《な》でて、星野は亘佑に手を振りつつ離れていく。あのまま留まっていたら殴られるとでも思ったのか、あっさりとした退場だった。幹線道路まではすぐだからタクシーも簡単につかまるだろう。

「亘佑……」

さすがに直視出来なかった。あれだけ亘佑の話を否定したのに、実際こうして星野に口説かれてしまったのだ。

怒っているのか、亘佑は無言で絢人の手を引いてマンションに入った。向かったのは当然絢人の部屋で、当たり前のように合鍵を使われたが、バツが悪くてなにも言う気は起きなかった。

部屋に入るまで——いや入ってからも、手を離してもらえなかった。

ほかの住人に見られるとか、防犯カメラに映るとか、いつもなら言えることも言えないまま、ベッドに座らされた。そうして高い位置から見下ろされる。

「俺の言った通りだったな」

「……そうだな」

話は聞こえなかったはずだが、雰囲気で確信したらしい。ここは頷くしかなかった。

「だから言っただろうが。本気だって、何度も！　なのに俺の忠告を笑い飛ばしやがって、しかも一緒にタクシーに乗るだと？　バカか。無防備過ぎるにもほどがある」

「おまえに説教されるなんて思わなかった」

冗談めかしてこの場をごまかそうとしたが、ぎろりと睨《にら》まれて終わった。腕を組んで仁王立《におうだ》ちしているこ ともあって、普段より数割増しで偉そうだ。

これではどちらが年上かわからない。見た目だけでなく、中身まで逆転されたようだった。

「わかったんだよな？」

「星野さんのことは、一応。あ、でもちゃんと断れば大丈夫だと思う。前にも言ったかもしれないけど、無理なことはしない人だから」

「……なるほどな」

低い声での呟きに、意味もわからず絢人はびくっとした。

「どうやっても理解しないわけか、その頭は」

「いや、だって向こうも大人なんだし、そもそも恋人がたくさんいる人なんだし……」

「わかった」

両肩に手を置かれ、力をかけられる。とても立ち上がることは出来そうもなかった。

威圧感たっぷりに見下ろしてくる亘佑は完全に目が据《す》わっていた。

「言っても無駄だってことが、よくわかった」

「こ、亘佑……？」

「あいつは俺と同類なんだよ。だから断言してやる。あいつも本当に欲しいもののためだったら、いくらでも待っていられる。でもいざとなったら、どんな汚い手でも使える。搦《から》め手もな」

ものわかりのいい余裕がある大人の顔などは、いくつもある星野の一面に過ぎないと亘佑は言い切った。そうなのだろうとは思う。笑みを落としたさっきの顔だとか、軽い口調で誘ってきた旅行の話などは、亘佑の言葉が正しいと裏付けていた。

絢人は言葉もなくただ困惑の視線を返すしかなかった。

「あんたは男に欲情される身だってことを、よーく自覚するべきだ」

「そんなこと言われても、正直まだ実感なくてさ……」

「だったら実感させてやるよ」

低く掠れた声が降ってきた。

意味を問う間もなく、ジャケットを剝《は》ぎ取られながら身体をベッドに押しつけられた。俯《うつぶ》せに倒れ込んだ衝撃で一瞬息が詰まった。肩を押さえつけられ、もがくことを思い出すと同時に振り返って亘佑を睨み付ける。

「離せっ、バカ！」

「嫌だ。おとなしく最後まで抱かれてろよ」

「約束が違うだろ……！」

その気にさせるという話になっていたはずだった。先日も押し倒されはしたが、あれは感極まったという雰囲気や余裕のなさが伝わってきて、呆れながらも微笑ましさすら感じた。いまのような危機感など覚えなかった。

いまの亘佑はひどく冷静だ。衝動のまま抱こうとしているわけではないし、怒りをぶつけているわけでもない。多少の怒気はあるようだが、感情にまかせて行動しているわけじゃない。

なのに絢人を抱こうとしている。あえて約束を無視しているのだ。

「ようするに、あんたに俺が欲しいって思わせればいいんだろ？　それがどの段階かなんて、あんたは言わなかった」

そんなものは詭弁《きべん》でしかない。確かに絢人は言わなかったが、それは強硬手段はあり得ないというのが前提だったからだ。

亘佑は淡々と話す一方で、背後からまわした手で器用にネクタイをほどき、シャツのボタンを外し始めていた。

「やっ……ちょっと待て……！」

「大丈夫。痛いことしねぇし」

たぶん、と小さく付け足された呟きは、幸《こう》か不幸か絢人の耳に入らなかった。

うなじに噛《か》みつくようなキスをされ、身体とシーツのあいだに差し入れられた手に、肌をまさぐられた。

くすぐったいような変な感覚が、深いところから這《は》い上がってくるのがわかる。

絢人にもよくわからなかったそれは、シャツを捲《まく》られ、あらわになった背中を舐《な》められたときにはっきりとした。

「ああっ……」

肩胛骨《けんこうこつ》を舌先でなぞられたとき、ぞくぞくとしたあやしい痺《しび》れが背筋から指先まで走った。たまらず絢人は声を上げ、これが快感なのだと思い知る。

ただ背中を舐められただけだ。なのに声を上げるほど感じた自分にひどく戸惑った。

「ここ、感じるんだな」

「あっ、いやだ……ぁ……ん、んぁっ……」

執拗《しつよう》に同じところを舐められ、あるいは歯を立てられ、女のように喘《あえ》いでしまう。こんなところで自分が感じるなんて思ってもいなかったのに。

左右の肩胛骨を舌で突きながら、亘佑はベルトを外して下着ごと絢人のズボンを引き抜いてしまった。それに気づいたのは、亘佑の手が下肢《かし》をまさぐり始めてからだった。

与えられる刺激に気を取られ、ほかのことに意識が向かなくなっていた。

「やっ、あ……やめっ……」

大きな手に包まれて、ゆっくりと絢人のものが擦《こす》りあげられる。身体中から力が抜けて、濡れた声が唇を震わせた。

どうしてこんなに感じるのかわからない。亘佑に愛撫《あいぶ》されて得る快感は、これまで絢人が知っていたものとはまったく違っていた。

「やっぱり、弱いんだな」

「あ……なん、で……」

いままでこんなことはなかったのに。以前、女性との行為のなかで、胸や腹のあたりにちょっとした愛撫を受けたことはあったが、せいぜい少しくすぐったい程度だった。絢人自身に触れられたときも、確かに気持ちいいと思いはしたが、思わず声が出るほどではなかった。

これまでと立場が違うせいなのだろうか。しなくてはという気持ちで、感覚にブレーキをかけていたというのだろうか。

喘ぎながらどこかまだ冷静な頭でそんなことを考えていた。悠長に考えられる余裕など、すぐになくなってしまったけれども。

指先に弄《もてあそ》ばれるたび、あからさまな嬌声《きょうせい》がこぼれた。声を上げるたびに、快感が深くなっていくような気がした。

とろとろとあふれ出すものを掬《すく》い取り、亘佑の指が一番深いところに触れてくる。何度も撫でてぬめりを足し、やがてゆっくりと差し入れてきた。

「ひぁ……っ」

そんな場所を触られるのは当然初めてだ。まして指を入れられて内側からいじられるなんて、ほんの少し前まで考えもしないことだった。

それでも嫌悪感はなく、矜持《きょうじ》が傷つくということもない。いいように弄ばれ喘がされる自分に、まるで違和感を覚えないのが不思議で仕方なかった。

丁寧だが強引に、指は絢人の後ろを犯していく。

最初はただ蠢《うごめ》く指の異物感に眉をひそめていたのに、いつしか指はなじみ、異物感は熱を帯びたむずがゆさに変わっていた。

熱くてたまらなかった。指がもたらす刺激が、じわじわと神経を侵食していく。

増やしていった指でぐちゅぐちゅと濡れた音を立てさせ、同時に亘佑は背中を愛撫した。

肩胛骨をカリッと強く噛まれて、びくんと背中が仰《の》け反った。

「ひぁっ……ん、あん……！」

身体がおかしい。まるで別のものに変わってしまったみたいに。あるいはずっと眠っていただけで、これが本当の絢人なのかもしれない。

指が引き抜かれていき、そのまま後ろを亘佑のもので一気に犯された。

「ん、ぁ……ああ……っ」

痛みはなかった。そして強引にここまでされても、絢人のなかに嫌悪感や恐怖といったものはいっさい湧いてこない。

ぞくぞくと鳥肌が立つのは快感のせいだった。

腰をつかんで何度も絢人を穿《うが》ちながら、亘佑は背中に舌を這わせる。そのうちに前へまわした手が胸も愛撫し始めて、さらに喘ぎ声を激しくさせていった。

絢人が知らなかっただけで、感じる場所はいくらでもあったのだ。自分がしなくてはという気負いがないせいか、感覚はこれ以上ないほど鋭敏になっているらしい。

「あっ、あ……あんっ……」

「顔も見せて」

一度身体を離した亘佑は、絢人を仰向けにしてまた貫いた。そうして何度も何度も突き、あわせるように胸をいじった。

内側のひどく弱い部分を亘佑のもので抉《えぐ》られて、絢人は悲鳴を上げながら軽く仰け反る。

亘佑の背中にしがみついたのは無意識だった。

気持ちがよくて、もうどうにかなってしまいそうで、怖いと思う一方でもっとして欲しくなった。

亘佑のもので、深く突きまわして欲しかった。

「そこ……い、い……っ、あ……んっ」

「いい、のか……?」

「んっ……すご……気持ち……いいっ……」

いまならセックスしたがる人の気持ちがわかった。まして好きな人と肌をあわせて熱を分かちあえるのならば、こんなに幸せなことはないだろう。

絢人はうっすらと目を開けて、亘佑の顔を見つめた。涙の膜《まく》が薄く張って視界は滲《にじ》んでいたが、体温や息づかいを感じるだけでも十分だった。

「俺もだ」

掠れたその声に、ぞくぞくと背中が震えた。声さえ愛撫になるなんて狡《ずる》いと思った。

「あうっ……!」

内側からごりごりと抉られると頭のなかが真っ白になって、理性なんて簡単に飛んでいく。

容赦《ようしゃ》なく穿たれ、あるいは掻きまわされ、弱いところを絶え間なく愛撫された。限界はすぐにやってきた。

「あ、ぁ……もっ……と……もっと、して……っ」

はしたない声を上げる自分を恥じる余裕すらなくて、絢人はただ快楽に翻弄《ほんろう》されて身悶《みもだ》えるばかりだ。

「いい顔……すげぇ可愛い」

ひどく満足そうに亘佑が囁く。こんな痴態《ちたい》を晒《さら》してしまって亘佑は引かないだろうかと、わずかに残った理性が不安を訴えていたけれども、それをきれいに吹き飛ばすような声だった。

「あぁあっ！」

深く何度も突き上げられて、絢人は呆気《あっけ》なく弾《はじ》ける。いく瞬間に亘佑の背中に爪を立てたが、痛みを感じたはずの亘佑は、むしろ満足げに微笑んでいた。

絶頂感なんてほんの一瞬。そう思っていたのに、絢人はずいぶんと長くそれを味わった。あるいは余韻から抜け出せなかっただけかもしれないが。

ぼんやりと目を開けたときには、結構な時間がたっていた。

「絢人……」

呼ばれて目だけ上げると、蕩《とろ》けそうな顔をした亘佑が絢人を見つめていた。

そんな顔が出来たんだと絢人もつい微笑んだ。

「な、に……」

「その気になったろ……？」

亘佑の言う通りだった。なかば強引にされてしまったとはいえ、絢人は抵抗らしい抵抗をしなかったし、最後は自分からしがみついてねだってしまった。

あのとき、もっとして欲しいと思った。気持ちがよくてたまらなくて、快感でさらにぐちゃぐちゃにされてしまいたくて、亘佑と繋がったまま溶けてしまいたくて。

快楽に流されたとは思っていなかった。順序は違ってしまったが、絢人は抱かれることで、つまらない意地やしがらみを捨てて亘佑が好きだと認められたのだ。そしてあれほど感じたのも、相手が亘佑だからだと思っている。いくら好意があっても、彼以外にされてあんなふうになるとは思えなかった。

これは絢人の負けだ。完敗だった。

シーツに落ちていた腕を持ち上げて、絢人は亘佑の頬に触れた。

「仮、が取れたな」

絢人は自分から亘佑にキスをし、深く舌を差し入れた。一瞬だけ驚いたように固まった亘佑だったが、すぐに我に返って、キスの主導権は奪われてしまった。その後はひたすら翻弄されるはめになったのだが、絢人の意図はきちんと伝わったことだろう。

「愛してる、絢人」

「俺も……亘佑が、欲しいよ」

告白を返して、さらに誘う。すると亘佑はふっと目を細めた。

「もっと？」

「……うん。このまま、しよう？」

絢人の言葉が終わるか終わらないかのうちに、亘佑はふたたび絢人を突き上げてきた。

快楽を知ったばかりの絢人は、溺《おぼ》れる自分を予感して歓喜に肌を震わせた。


遠くでインターホンが鳴っている。

穏《おだ》やかな眠りを邪魔されたくなくて、もぞもぞとベッドに潜《もぐ》り込もうとした絢人は、違和感を覚えてうっすらと目を開けた。

目の前に見慣れた端整な顔があって、思わず息を呑んだ。

「こ……すけ……」

どうして亘佑がと思い、昨夜のことが脳裏《のうり》に浮かんだ。感触までもが生々しく蘇《よみがえ》ってきて、カッと全身が熱くなる。

しっかりと抱きしめられているから、悶えることはしなかったけれども。

「どうせ起きないか」

亘佑はぴくりとも動かない。

見慣れたはずの寝顔に今日ほど腹が立ったことはなかった。満腹になるまで食べた肉食動物は、きっとこんな顔で眠りを満喫《まんきつ》するに違いない。

絢人は自分たちの格好に気づいて溜め息をついた。

知らないあいだに絢人はパジャマを着ている。それも亘佑が持ち込んだ彼のパジャマの、上だけだ。上半身裸の亘佑はズボンのほうを穿《は》いているらしい。

「ベタなやつが好きなんだな、おまえ」

絢人はそこに喜びを見いだせないタイプだ。ましていい年をした男を相手にそんなことをさせて、なにが楽しいのかさっぱり理解出来ない。かといって断固拒否するほどの理由もないし、全裸で朝を迎えるよりはマシだからよしとした。

気だるげに溜め息をついた絢人は、ふたたび鳴ったインターホンにはっと息を飲んだ。

こんな朝早くから誰だろう、となにげなく時計を見て、今度は心臓が止まりそうになった。

すでに十時を過ぎている。遅刻どころの騒ぎではなかった。

「ちょ……っ、亘佑！　起きろ、おまえ遅刻っ……！」

昨夜の余韻など知ったことではなく、手加減なしで亘佑の頭を叩く。するとうるさそうに亘佑は薄目を開けた。

「なに」

「遅刻……！」

「有給取った」

寝ぼけ声で返された言葉に絢人は唖然《あぜん》とした。ちゃっかり自分だけ休みだなんて狡いではないか。

「いつの間に……」

「それよりインターホン鳴ってるけど」

「あ……っ」

慌ててインターホンの受話器を取った絢人は、取ってからモニターに映し出された人物を見て固まってしまった。

思わずもう一度時計を見て、日付を確認した。

金曜日だ。祝日でもない。なのにモニターには星野が映っていた。

「誰？」

亘佑は肩越しに覗《のぞ》き込み、そのまますっと受話器のフックに手を伸ばした。とっさにその手をつかんだのは上出来だった。

「切るな、バカ！」

『おはよう。もしかして、いま起きたのかな？』

「すみません！　いま開けっ」

「ダメに決まってんだろ」

ロックを解除しようとした手を、今度は亘佑がつかんだ。

「なに言ってるんだよ」

「ほかの男を上げる気か」

『成沢くん、これこれ』

星野の声に目を向け、絢人は大きく目を瞠った。星野の手にはスマートフォンがあるが、どう見てもそれは絢人のものだったからだ。

「え？」

『昨日、店で落としそうになったから預かったんだけど、返しそびれちゃってね。持っていくから、開けてくれる？』

「俺が取りに行く」

『じゃあ帰ろうかな』

「いま開けます！」

亘佑の隙を突いて解錠のボタンを押すと、星野はにっこり笑ってマンション内へと入って来た。

耳元でチッと舌打ちが聞こえた。

「しょうがないだろ。スマホが人質《ひとじち》なんだぞ」

「玄関先で俺が受け取る。そのあいだに着替えろ、いいな。絶対その格好で人前に出るな」

「おまえがさせたんだろ」

絢人としてもこんな格好のままいるわけにはいかないから、すぐに着替え始めた。もちろん出勤スタイルだ。

着替えているあいだに星野が到着したらしい。話し声が聞こえてきた。

ネクタイを手にした段階で、絢人はなにやら押し問答をしている二人のところへ行った。

亘佑はドアを開けたまま、睨むようにして星野と対峙している。対する星野はいつものように笑みを浮かべていた。

「おはようございます」

「ああ、おはよう。うん、今日はやっぱり色っぽいね」

「……スマホ、ありがとうございました」

どう考えても故意に持っていったのだろうが、そこは指摘しないことにした。亘佑は不機嫌そのもので絢人と星野のあいだに立った。

「おまえはとりあえず服着て来い」

上半身を晒して相手を威嚇《いかく》してどうするのかと説教したくなる。それでも動かない亘佑に、星野はくすりと笑った。

「なんだったら矢ヶ崎くんの部屋でもいいよ。どうせわたしと成沢くんは、これからも毎日一緒なんだし、君としても一度ちゃんと話したほうがよくないか？」

「……わかった。絢人、俺の鍵持ってきてくれ」

「はいはい」

文句を言っても時間の無駄なので、絢人はテーブルに置きっぱなしの亘佑の鍵を取って戻った。どうやらいま廊下には誰もいないらしいので、亘佑は上半身裸のまま自室に戻った。一緒に絢人と星野も部屋に入った。

亘佑の部屋には本当にものがない。星野はぐるりと室内を見まわし、感心したのか呆れたのかわからない声を出した。

「建築士の部屋として、これはどうかと思うよ」

「仮住まいだからいいんですよ。そのうち、俺と絢人の理想の家を建てて住むから」

「なるほど……ああ、ところで三人分のブランチを持ってきたんだけど、これは床に置くしかないのかな？」

　言われて初めて星野の手にしゃれたケータリングボックスがあることに気づいた。どこかのデリで買ってきたものらしい。

「あ……やっぱり俺の部屋に行きますか」

「いや、いいよ。ピクニックみたいで楽しそうだ。一応、コーヒーも入れてもらってきたしね」

　星野は仏頂面の亘佑にかまうことなく持ってきたケータリングボックスを広げた。数種類のサンドイッチと保温性のある小さめのポット、そしてプラスチックのカップが入っていた。

　そのあいだに亘佑はシャツを身に着けていた。

「どうぞ」

「ありがとうございます。とりあえずスマホを返してくれませんか」

「ああ、そうだったね。あ、誓ってなかは見てないから」

「はい」

　そのあたりは信用している。いまの星野は見慣れた彼だから怖くもないし、なにより亘佑がいるのだ。不安になどなりようがなかった。

　絢人たちのやりとりを、亘佑はきわめて不機嫌そうに見ていた。

「ここのはね、美味いんだよ」

「いただきます」

　せっかくなので絢人はコーヒーとサンドイッチをもらうことにした。無言で亘佑を促すと、思うところはあるらしいが一言告げて食べ始める。さすがに手を付けないほど子供でもないし、黙って食べるほど無礼でもないようだ。

　自分の躾《しつけ》の賜《たまもの》だなと、絢人はひそかに満足した。

「そう、それで昨日のことだけど」

　星野がのんびりと切り出した途端に、ぴしりと亘佑の周囲の空気が凍った。

「あのことなら……」

「ちょっと攻め方を間違ったと思うんだよね」

「は？」

「あれから猛反省してね。もうちょっとじっくり行くべきだったんだな、って。矢ヶ崎くんとの関係が進んでるみたいで、ちょっと焦っちゃって」

　反省を口にしながらも星野はさして気にしていないようだった。少なくともそう見えたが、彼がその態度通りの感情を有していないことは、すでに絢人もわかっていた。

　亘佑はむっすりとしたままサンドイッチを食べている。

「だから……あ、ちょっと失礼」

言葉の途中で着信に気づき、その場で星野はスマホを取り出した。最初からかかってくるのがわかっていたように見えた。

確認し、彼は「ふーん」と鼻を鳴らす。感心しているようにも聞こえたし、不満を抱いているようにも聞こえた。

それから星野は一旦彼を見てにこりと笑った。

やがて電話を切ると、星野は亘佑に向き直った。

「おめでとう。うちのコンペの結果、準優勝だそうだ。ここだけの話、出来レースだから事実上の優勝と思っていいよ」

「……そうですか」

亘佑は無感動な溜め息をついた、賞を取るまでと決めてきた彼にとって、これは一つの区切りとなるはずだ。ただしフライングで告白したので、複雑なところではあるのだろう。出来レースに関しては特に感想はないらしかった。そういうこともあるだろうと覚悟していたのかもしれない。

「担当してるやつに、決まったらメールしてくれって言っておいたんだ。すぐ君の事務所に知らせが行くだろうけど、そのあたりは初耳って感じで頼むよ」

「わかってます」

亘佑は頷いて、ちらりと絢人を見た。特に表情は変わっていないが、なにか言葉を求めていることはわかった。

「おめでとう。頑張ったな」

たったそれだけでも亘佑は満足そうだった。準優勝だと聞いたときよりはるかに嬉しそうに見えるのは気のせいじゃないだろう。

しばらく黙って食べていた星野がふたたび口を開いたとき、ふんわりとしたその空気は霧散《むさん》してしまった。

「話は戻るけど、二人は晴れて結ばれた……と思っていいんだよね？」

「あんたには関係ない」

「そう怖い顔してないで。別に二人の仲を引き裂こうなんて思ってないから。むしろ友好関係を築いていきたいなと思ってるんだ」

謎の発言に絢人だけでなく亘佑も意味を汲《く》めず、怪訝《けげん》そうな顔をしていた。個人的な感情はさておき、将来有望な建築士とはいい関係を築きたいということなのか。

補足説明を求めて見つめていると、星野は絢人と亘佑を交互に見た。

「わたしを加えてくれればいいことだと思うんだよ」

「はい？」

「三人で付きあうというのも、ありじゃないかな」

「あり得ねぇ！」

いち早く理解した亘佑は声の限りに叫ぶが、絢人はぽかんと口を開けたまま反応出来なかった。理解の範疇《はんちゅう》を超えていた。

そして言った当人の星野は涼しい顔だ。どこまで本気かわかったものじゃなかった。

星野に嚙みついていきそうだった亘佑は、鳴り響いた着信音によってぴたりと動きを止めた。絢人も知っている。この設定音は事務所からだ。

「出ないと」

「……わかってる」

不承不承《ふしょうぶしょう》、亘佑は電話に出た。内容がわかっているせいか面倒くさいという態度だったが、電話の向こうにまではわかるはずもなく、いつものように一般的な礼儀と最低限の愛想で上司らしい人と話を始めた。

普段から愛想がないと、こういうときにわかりにくくて便利だなと思った。

間もなくして亘佑は電話を終え、小さく溜め息をついた。

「入賞の知らせだろ？　なんで溜め息？」

「授賞式があるらしい」

「あ……俺たちも、それには出るよ。ホテルのホールで、わりと派手にやるんだってさ。取材も入るぞ」

それを聞いて亘佑はますます嫌そうな顔をしたが、笑いながら聞いていた星野が視界に入った途端、表情を一変させて彼を睨み付けた。

「とにかく、さっきの話は却下《きゃっか》だ」

「一考の価値はあると思うけどな」

「ない。絢人は渡さねぇよ。この人は百パー俺のだ」

強い口調の亘佑にも星野は引かず、まるで聞き分けのない子供を相手にしているような顔をしていた。

「別に共有したって、減りはしないと思うけどねぇ」

「気持ちの問題だ。ほかの男が絢人に触るなんて、我慢出来来ねぇ」

絢人はこっそりと同意した。独占欲とか嫉妬とか以前に、これは倫理観の問題だった。減らないと星野は言うが、絢人にしてみれば確実に減ると思うのだ。主に精神的な部分でなにかが。

しかし亘佑の主張が理解出来るのか出来ないのか、星野はふーんと軽く流した後、おもむろに絢人を見やった。

「成沢くんとしては、どうなのかな。二人の男に愛されてみたいと思わない？」

「思わないです。倫理的にも無理ですけど、俺もこいつだけでいいから」

なによりもそこだ。亘佑でなくてはだめだと、遅まきながら気づいたのだから。

言いたいことがわかったらしく、亘佑はきつく絢人を抱きしめてくる。その背中を抱き返し、絢人は星野のもの言いたげな視線に気づかないふりをした。

君と時を重ねていく

絢人《あやと》が亘佑《こうすけ》の本当の恋人になって一ヵ月がたつ。

仮《かり》と本物との一番の違いはセックスの有無だ。一線を越えてからわかったのは、この問題はメンタルな部分よりもフィジカルな部分が大きかったということだ。少なくとも絢人にとってはそう思えて仕方ない。

「なんであいつ、あんなに元気なんだよ……」

休日の朝だというのに、絢人は一人ベッドでぐったりと横たわっている。身体《からだ》に力は入らず、声もざらざらで、あちこちの筋肉や関節が鈍く痛んだ。

原因は昨晩のセックスだ。ここのところ仕事の都合もあって平日はしていなかったから、亘佑が余計に盛り上がったのは間違いなかった。

相変わらず絢人はいろいろな意味で受動的だ。自分からセックスを求めたことはなく、代わりに求められれば断らない。抱かれるのは気持ちがいいし嫌だと思ったことはないが、どうしても抱いて欲しいと思うこともない。

これればかりは性質の問題なのだから仕方なかった。セックスは嫌いじゃないが、好きだと言えるほどでもないのだ。以前と違って義務で付きあっているわけではないので、絢人にしてみれば相当の進歩と言えるが、亘佑と比べてしまうと淡泊《たんぱく》過ぎて話にならないのだろう。自分からしたいと誘うことはおろか、したいと思うこともほとんどないのだ。

よくこんな男に欲情するものだと感心する。もちろん反応はするし、自分でも戸惑《とまど》うくらい感じたりはするので、人形を抱いているのとはまったく違うのだろうが、楽しいのかという疑問は常に頭の隅にあった。

一方、以前にも増して情熱的かつ精力的な亘佑は、絢人が眠っているうちに部屋を出て行ったらしい。自室に戻っているか買いものに出ているか、どちらかだろう。

さすがに空腹感を覚えてベッドから這《は》い出そうとしていると、玄関のドアが開く音がした。

「……おかえり」

「おはよう。大丈夫か？」

言いながらも亘佑は心配そうにはしていなかった。むしろ少し嬉しそうな顔をして、じっと絢人を見つめている。

「……なに笑ってんだ」

「いや、なんか……幸せだなと思って」

「は？」

「絢人がそうやって、だるそうにしてんのは、俺がムチャクチャ抱いたからか……って思うと、幸せだろ？」

「……」

だろ、などと言われても頷《うなず》けるはずがない。心情的にというよりも、現在味わっている身体のつらさのせいだ。だからといって理解出来ないとは言いづらいし、水を差すのもどうかと思えるので黙っていた。

「あー……それより、どこ行ってたんだ？」

手にしたレジ袋を見ればわかるのだが、話を変えるために尋《たず》ねた。形からいってサンドイッチのようだった。

「朝……じゃなくて昼メシ買ってきた。食うだろ？」

「食うよ。腹減ったし」

「コーヒー入れる」

すぐに亘佑はキッチンに立った。料理は出来ないがコーヒーは入れるのが上手《うま》いので、絢人はベッドで待っていることにした。

ひどく消耗《しょうもう》させられた後は、いつも至れり尽くせりだ。亘佑は実に甲斐甲斐《かいがい》しく世話をし、それすら楽しんでいるようだ。まだ一ヵ月だからなのか、彼は絢人と過ごすことすべてに満たされると言う。それはいっそ申し訳なく思うほどだった。

絢人だって楽しいとは感じている。ただそれを態度や言葉にするのが得意じゃないというだけのことだ。

コンビニのサンドイッチと熱いコーヒーがベッドまで運ばれてきた。かつてベッドでものを食べるなと亘佑に躾《しつけ》をした身だが、あれはなかったことにした。もう大人だからいいだろうと言い訳し、膝にトレーを載せて食べ始める。なにも着ていないことは気にしないことにした。

亘佑はさすがに絢人の好みを把握していて、サンドイッチの具はツナと玉子の二種類だ。自分はカツサンドを食べている。

「出かけられそうか？」

「無理」

「だよな」

「わかってんなら手加減しろよ」

「してるって」

「それがマジなら一生本気出すな。俺、死んじゃうから」

「よくそれ言ってるけどな。最中に」

くすりと笑うあたり反省はしていないのだろう。絢人が怒ったり不機嫌になったりしているならばともかく、文句さえ言わないのだから増長するのは仕方なかった。

亘佑への甘さは恋人になっても同じで、多少のことならば許してしまう。つまり絢人にとって翌日動けなくなるほど抱かれるのは「多少のこと」というわけなのだが、そのあたりでも彼の自覚は足りないのだった。

「でさ、昨日の話だけど」

「昨日の話？」

なんのことだろうと絢人は首を傾《かし》げる。昨日も絢人が遅く帰ってきたため夕食も別々で、言葉を交わしたのはそう長くなかったはずだ。帰宅後間もなくシャワーを浴び、出てきたらベッドに連れ込まれてその後はまともな会話になどならなかったからだ。

「あ……」

視界の隅に間取り図が入ってきて、一瞬で思い出した。

あれは亘佑が持ってきた物件の一つで、ほかにも数枚のマンション物件があった。それらを見せながら、彼は同棲を求めてきたのだ。すぐに風呂に入ってしまったので、話は立ち消えになってしまったが。

「つーか、同居よりセックス優先なんだな」

目先の欲望に負けたのは笑うべきところか否《いな》か。絢人は間取り図に向けた視線を亘佑に戻し、小さく溜め息をついた。

「どうせがっついてるよ」

「ほんとにな」

「しょうがないだろ、やっと手に入ったんだ」

「いい大人なんだから、落ち着けよ」

学生ならまだしも、と付け足して、ふたたびサンドイッチに齧《かじ》り付く。亘佑も急《せ》かすつもりはないのか、コーヒーを飲んでいた。

「絢人はあんまり気は進まない感じだよな」

「だってさ、いまの状態がベストじゃないか？」

「どこが」

「世帯は別なのにこれだけ近くて、週末はこんなだぞ？　そうでなくたって、どうせおまえは入り浸《びた》ってるんだし」

同じフロアの住人とは、生活サイクルが違うのか滅多《めった》に会うことはない。単身者用の部屋ばかりで、自宅での仕事や夜の仕事の者が多いのか、たまに会っても互いに軽く目を伏せる程度で言葉を交わしたのは引っ越したときのみだった。しかもうるさくする住人はいない。少なくとも周囲の部屋から大きな物音や声が聞こえてきたことはなかった。

この環境はとても都合がいいのだ。亘佑と恋愛関係になって強くそう思うようになった。

「家賃だって、負担が軽くなるわけじゃないだろ。おまえが持ってきたの、そこそこいいとこばっかだし」

亘佑は二人でシェアしても負担はいまの家賃と変わらないような物件ばかり持ってきたのだ。もちろんその分は広いし設備もいいが、絢人はメリットを感じなかった。たとえリビングルームがあり、キッチンが広くなるといってもだ。

「その分、充実するだろ。風呂だって広くなるし」

「別にいまので十分だよ」

「一緒に入れねぇ」

「おまえ……欲望に忠実過ぎるよ……」

溜め息しか出ないとはこのことだ。感心していいのか呆《あき》れていいのかわからず、喉《のど》に詰まりかけたサンドイッチを絢人はコーヒーで流し込んだ。


休日の二日目、つまり日曜日は約束があった。絢人の母親にオフィスまで来い、と呼び出されたのだ。そのために昨夜《ゆうべ》はセックスを禁じたので、絢人はすこぶる快調だ。

「天気もいい感じだし」

空は鈍色《にびいろ》で、いつ雨が降ってもおかしくはないが、天気予報によれば降り出しは日付が変わる頃だという。絢人にとっては絶好の天候だ。

「この天気でいいとか言うのは絢人くらいだろ」

「直射日光嫌いなんだよ」

「知ってる。だから色も白くて、痕《あと》が目立つんだよ。キスマーク付けんのも気ぃ遣《つか》うんだよな」

「付けなきゃいい話だと思うんだけど」

キスマークなど付けなくてもセックスは出来るだろうと訴える。だが言うたびに亘佑は不満そうな顔をするだけだった。

歩きながらする話じゃないと気づいて絢人は口をつぐんだ。

目的地はすぐ目の前だった。

繁華街の一角にある、ビルの一階。そこは〈Blanc《ブラン》 Blanc《ブラン》〉というブランドの路面店だ。絢人の母親が立ち上げたブランドの一号店にして、上階は本社でもあった。もちろん自社ビルなどではなくテナントだが。

「いらっしゃいませ」

店内に入ると、なかにいた販売スタッフから声がかかった。フロアの右半分がレディース、左半分がメンズを扱うフロア構成となっていて、男女あわせて数名のスタッフがいる。本店にいるのはすべて社員で、二名ほど面識のあるスタッフがいた。

接客用の笑顔になった青年を制し、絢人よりもいくつか上だろう男が近付いてきた。

「こんにちは。社長とお約束ですよね」

声をかけてくれた彼は本店の店長兼マネージャーで、社内でもそこそこ重要なポジションにある人物だと聞いている。各支店をまとめる役目も担《にな》っているらしい。亘佑ほどではないが人目を引く容姿《ようし》で、いつ見てもセンスよく服を着こなしている。

「ご無沙汰《ぶさた》してます。お仕事中すみません」

「いいえ。二階へどうぞ」

案内されて、絢人たちは一階奥にある階段を上っていった。

これは一部の客とスタッフ、そして取引先の人間が使うもので、緩《ゆる》やかなカーブの先は白いロココ調の応接セットが置いてあった。内装もそれに見あったもので、来るたびに絢人は気恥ずかしい気持ちになってしまう。

ちなみに母親の趣味ではない。女性客を意識しているのと、いわゆるハッタリだと、母親は鼻を鳴らしてそう言っていた。

「おかけになってお待ちください」

背筋をピンと伸ばし、店長は三階へ消えていった。オフィスとアトリエは三階にあり、母親はそこで仕事をしているようだ。

「莉恵《りえ》さん、今日も仕事なのか」

「ワーカホリックだからなぁ……」

母親の莉恵は仕事が好きで、昔から遊ぶくらいなら仕事をしたいと言う人間だった。それでも結婚しているあいだは自制していたらしく、離婚して絢人が自分でなんでも出来るようになると、一気に抑えこんでいた欲求が爆発してしまい、現在に至っている。

「さすが、会社の上に住んでるだけあるな」

ビルの上層階はテナントのフロア以外に住居フロアもあり、莉恵はそこに住んでいる。別の場所に立派なマンションを持っているのに、便利だからという理由で、広くも新しくもない部屋からこの会社へと通っているのだった。

「そのうち会社で暮らしそう、ってさっきの店長が遠い目してたよ」

「……イケメンだったよな」

亘佑の声が低い。彼は絢人ほどここへは来ないので、店長とも一回か二回、顔をあわせたことがある程度なのだ。

「なんだ、その反応」

「あいつ、絢人に気がある」

「またか……」

思わず溜め息をついた。いまの「またか」は店長に対するものではなく、いちいちそういったことに神経を尖《とが》らせる亘佑に対してだった。

「こういう業界って多いんだろ？」

「美容業界ほどじゃないんじゃないか、たぶん。っていうか、店長さんに悪いだろ。いちいちホモにすんな」

「バイかもしれねぇだろ。それに、気があるのは間違いねぇよ」

不機嫌そうに吐き捨てながらも声はひそめている。さすがにいつ人が来るかわからない状態で、声を張る気はないようだった。まして階下は店舗《てんぽ》だ。人の気配は近くないものの、ドアもないのだから注意するのは当然だろう。

「俺じゃなくて母さんじゃないのか？」

「は？」

「母さんの彼氏なんだと思ってたんだけど。前にいた会社から母さんに付いて来たっていうしさ、当時あの人ってまだ二十代前半だったんだぞ」

彼らが以前籍を置いていた会社は中堅どころのアパレルメーカーだったが、新しく立ち上げる会社よりは条件などはよかったはずなのだ。起業した莉恵本人はともかく、普通は付いて行かないだろうと思うのだ。

「なにに魅力を感じるかは人それぞれだろ」

「まぁね。それは納得したけど、店長さんのこと勘ぐるのはやめろよ。おまえって、ちょっといい男が俺と関わると、いちいちそういうこと言うよな」

「星野《ほしの》の野郎だけだし、あれはその通りだったろ」

「……そうだけど」

いまだに星野は思い出したように絢人を口説《くど》いてくるし、意味ありげな視線もそのままだ。ボディタッチが減ったのは、気があると意思表明した以上はセクハラになると考えているからだろう。そのあたりの線引きはきっちりとしているようだ。

「さらっと聞き流したけど、野郎とか言うのやめろよ」

「本人には言わねぇよ。それと莉恵さんの前では」

「そうしてくれ」

莉恵は星野に恩義を感じているし、仕事のことを抜きにしても好意的だ。亘佑が悪態《あくたい》をついたところで、どちらへの気持ちも変わりはしないにちがいないが、複雑な気分にはなるだろう。

話が途切れたところで足音が聞こえてきた。今日の五時に、と言ってここへ呼び出した張本人は、白のパンツスーツという出《い》で立ちで颯爽《さっそう》と現れた。

「お茶はいいわ。すぐに出るから、タクシー呼んで」

「はい」

店長は軽く頭を下げて階下へ行った。こうしてあらためて見ていると、店長というよりも秘書のようだ。ただし服装はショップ店員らしいものだったが。

「電話中だったのよ。遅くなってごめんなさいね」

「五分も過ぎてないし。それより、いい加減に休み取れよ」

「休んだって気持ち的に無理なのよ。だったら職場にいたほうが落ち着くわ」

「やっぱ重症……」

言っても無駄だとわかっているのに、ついまた言ってしまった。無駄な足掻《あが》きだと知っているせいか、亘佑は苦笑している。

「せめて睡眠時間はたっぷり取ってくださいよ」

「ありがとう。そのあたりは気を付けてるわ。それにしても亘佑くん、相変わらず格好いいわね。というか、ますますいい男になったんじゃない？」

「だったらいいんですが」

亘佑は莉恵に対してだけ表情や口調が柔らかくなる。絢人に向けるそれとはまた少し違っていて、かなり微笑《ほほえ》ましいものだった。

「もう、昔みたいに話していいのよ？　息子同然だもの」

「そう言ってもらえると嬉しいです」

「いちいち口に出さないだけで、ずっと思ってるのよ」

「息子以上だろ」

つい口を挟《はさ》んだ絢人に、莉恵はにやりと口の端を上げた。

「わかってるじゃない。絢人はデキもいいし手もかからなかったけど、亘佑くんのほうが顔が好みなんだから仕方ないわ」

「あなたと同じ顔だよ」

「だからよ」

どうやら莉恵の亘佑贔屓《びいき》――絢人より扱いがいいのは、どうやら顔の差だったらしい。自分と同じような顔ではつまらないのだろう。納得して引き下がった。

「あ、そうだわ、肝心なことを忘れてた。準優勝おめでとう」

「ありがとうございます」

「すごいじゃない。で、授賞式のスーツをあげるわね」

「え？」

「お祝い。ついでに絢人にもあげる。パーティー用の華やかなやつよ」

ついでと言いながらも、彼女のなかでは当然のようにワンセットで考えていたのだろう。だが絢人は告げておかねばならないことがあった。彼女の気分や好意に水を差すようで気は進まないのだが仕方なかった。

「いやでも俺、今回は社の人間として出るから、いつものビジネススーツでないと」

「えー、そうなの？」

「そうなの」

ホスト側が派手な格好をするわけにはいかないし、そもそも部署が違うので絢人は手伝いのために出るようなものだ。アルコールを口にすることも出来ればしないようにと言われている——ただし出席者から強く勧められた場合は最小限なら認められている——し、料理も食べないよう事前注意がなされているのだ。

そのあたりも含めて説明すると、納得しながらも莉恵は不服そうだった。そうして結局、彼女は自分のしたいようにすると決めてしまった。

「それでもあげる。それ着て、今度わたしに付きあいなさい」

「だったらいらないって」

嫌なギブアンドテイクだと思った。パーティー向きのスーツを着て行くところなど、絢人が苦手な類《たぐ》いの場所に決まっているのだ。

拒否しても無駄だということもわかっていた。きっと莉恵は二人分のスーツを送ってくる。亘佑の分だけ受け取ることは出来ないし、返すと言っても聞き入れないだろう。

その強引さは、身にしみて知っている。

こっそり溜め息をついていると、店長がタクシーの到着を告げにやってきた。

莉恵の後を付いて階段を下り、店を出て行くあいだ、店内にいた客たちの視線を嫌というほど浴びるはめになった。

「行きましょ」

スタッフたちが頭を下げて見送っているのも原因だが、女性はやはり亘佑の容姿に目を奪われるのだろうし、莉恵もまた華やかで人目を引く。絢人も一端を担ってはいるだろうが、二人に比べるとどうしても地味な印象になる。亘佑に言わせると清楚《せいそ》らしいが、初めて言われたときは噴《ふ》き出してしまったものだ。

店の斜め前に停《と》まっていたタクシーに乗り込み、二十分ほど走ったところで降りた。彼女が気に入っている和食の店で、今日は個室を取っていた。和食店の個室とは言っても靴《くつ》を脱いで上がるスタイルではなく、テーブル席なのはありがたかった。

「亘佑くんの好みを言ってコースにしてもらってるから」

「俺は？」

「今日はおまけでしょ、あんたは」

確かに言われた通りなので絢人はおとなしく引き下がった。受賞祝いという名目がなくても、亘佑の好みを優先しそうではあるが。

「あらためて、準優勝おめでとう」

先付けが来たところで乾杯をした。莉恵はひどく嬉しそうだった。

「すごいわー、さすがは亘佑くんね。絢人もなにかお祝い出来るようなことしてくれればいいのに」

「すみませんね、凡庸《ぼんよう》で」

「なに言ってるの。あんた基本的なスペックは高いでしょ。わたしの子なのよ？　顔だって抜群にいいわ。ようはやる気の問題なのよ、やる気の」

「自分で言いますか……」

彼女らしくて思わず笑ってしまうが、ふと横を見ると亘佑が大真面目《おおまじめ》な顔で頷いていたので、げんなりしてしまった。

「自己評価は正しく出来てるつもりよ。あんたは欲がなさ過ぎるのよ」

「確かに無欲だな。いろいろと」

「まったく誰に似たんだか……って、別れた旦那《だんな》に決まってるわね。あの人、ほんとに流されるままに生きてるから」

「いやあの、俺だって別に流されて生きてるわけじゃ……」

押しには弱いかもしれないが、流されているつもりはなかった。流されていたら、十年前に亘佑の恋人になっていただろうし、星野に口説き落とされていたはずだ。さすがに両方とも莉恵に向かって言えることではなく、絢人は押し黙った。

「気を付けなさいよ。あの人みたいに、わたしに押し切られて結婚して、わたしのわがままで離婚するはめになって、挙《あ》げ句《く》にまた肉食女に迫られて再婚……なんてことにならないように」

「え、父さんって相手の人に押し切られたのか」

「みたいね。あんた、見た目はわたしに似たけど中身はあの人だから心配よ。その顔じゃ、黙ってても寄ってくるでしょ。あたりも柔らかいし、モテるはずなのに」

「はは……」

引きつった笑いを漏《も》らすしかなかった。莉恵の言うことはほぼ正しく、絢人は学生時代からそれなりにモテた。付きあった相手がそれほど多くなかったのは、絢人なりに好きになれそうな相手を選んでいたからだし、ことごとく続かなかったのは亘佑の横槍《よこやり》が入ったせいだ。そしてここ数年彼女がいなかったのは、誰かと付きあう気が起きなかったからだった。ようするに早くも枯れかけていたわけで、反論の余地はまったくないのだ。

さらに父親の状況を知って思うところもある。性格が似ているのは絢人も認めるところだから、現状にますます笑えなくなった。押し切られたつもりはなかったが、亘佑に絆《ほだ》されてしまったことは間違いないからだ。

「大丈夫ですよ」

ふいに亘佑が口を開いた。微笑みながら莉恵を見つめている。

「そうなの？」

「俺がしっかり目を光らせてますから。恋人として」

「ちょっ……」

付け足された言葉の衝撃に絢人は慌《あわ》てふためく。目を瞠《みは》った莉恵よりも、絢人のほうがずっと動揺していた。

無言の莉恵に、亘佑はさらに言った。

「先日、ようやく絢人にOKをもらえました。実は十年前にも告白してるんですけど、そのときは断られて」

「……賢明な判断だったわね」

「反対します？」

「いいえ」

あっさりと莉恵は言い放ち、ビールをぐっと飲み干した。動じているようには見えないが、落ち着き払っているわけでもなさそうだった。

「いいんだ？」

ようやく絢人は口を開いた。すでに冗談《じょうだん》でごまかせるタイミングは逸《いっ》していたし、上手い言い訳も浮かばない。そもそも莉恵は反対しないと言ったのだ。

「偏見とか嫌悪感はないのよ。同業者や友人にはゲイもバイセクシャルもいるわ。実を言うと、あんたたちのことはアヤシイとは思ってたのよ。というか亘佑くんがわかりやすかったわ。絢人も亘佑くんに押し切られたら逃げられないだろうと思ってたし」

「そ……そうなんだ」

当たりすぎていて、ぐうの音も出なかった。

「でも、身内が本当にそうだと言われると平然とはしていられないものね」

「ごめん……」

「別に謝ることじゃないでしょ。あんたの人生なんだから、あんたの好きにすればいいわ」

「うちは親離れも子離れも早かったよなぁ……」

莉恵から「子供」として扱われた期間は短かったように思う。少なくとも十二、三歳あたりで、絢人は一人前として扱われた。家族ではあったし息子でもあったが、子供ではなかったのだ。それを無責任と言うか信頼の末と言うかは人によるのだろうが。

「あんたたちなら心配なさそうね。亘佑くん、うちの子をよろしくね」

「はい」

「あっさりし過ぎてて……なんか……」

心構えもなにもなくカミングアウトするはめになってしまい、絢人はいまだに動揺が収まりきっていなかった。

もしかして、亘佑は最初からそのつもりだったのかもしれない。

とはいえ、これでよかったのだとも思えた。亘佑があえて事前予告をしなかったのは、絢人にプレッシャーを与えないためだったに違いない。そして莉恵の理解を得られることも確信していたのだろう。

「ほんとにいいんだ？」

「ある意味歓迎ね」

「え？」

「だって、わたしのファミリーに変化はないってことでしょ？　気に入らない子が来ることもないし、嫁に気を遣うこともないってことじゃない」

「気を遣うとは思えな……」

条件反射で言いかけたが、じろりと睨《にら》まれて口をつぐんだ。

タイミングよく料理が運ばれてきて、場の空気はがらりと変わった。箸《はし》を持ち上げながら、莉恵はふと思いついたような顔をした。

「そうそう、もう一つの用事を思い出したわ。亘佑くん」

「はい」

「個人の依頼もいいのよね？」

「大丈夫ですよ。とうとう自社ビルですか？」

「自宅よ」

それは亘佑も意外だったようで、ちらりと絢人を見た。なにか聞いているかと目で問うてきたのだが、もちろん初耳だった。

「家って……一軒家？」

「当然でしょ。まだ場所も決めてないんだけど」

「って、マンションだって全然使ってないのに、なんで自宅？」

「集合住宅が煩《わずら》わしくなったのよ」

所有マンションにまったく帰っていないのは、通勤が面倒だからという理由だけでなく、隣人の煩わしさもあったようだ。なんでも夜中に騒音を立てるらしく、管理会社を通じて言っても改善されないらしい。そして現在の生活拠点であるワンルームは造りが安っぽく、ほかに住民は入っていないものの、周辺の音がよく聞こえてしまうそうだ。

「けど、一軒家なんて建てたって、絶対また帰らなくなると思うよ。あと、近所付きあいとか、母さん嫌いだろ？　マンションならともかく、一軒家だと町内会とかさ」

「……それもそうね」

「オフィス街や繁華街に自社ビルを建てるのはどうですか？　店舗兼本社兼自宅で」

「それ採用」

「えっ」

「そうね、会社の名義にして、家賃は個人で……うん、悪くない。出勤問題も解決。外に出ないで出勤可能にしてちょうだいね」

「はい」

啞然《あぜん》とする絢人をよそに、二人はどんどん話を進めていった。資金は大丈夫なのかと心配していると、問題はないと言われてしまった。莉恵は絢人が知らないうちに別会社を立ち上げていて、さまざまなデザインを請《う》け負っているらしい。基本的には服飾以外で、アクセサリー類やスマートフォンのカバーデザイン、インテリア関係など、多岐《たき》にわたって展開しているようだ。仕事ばかりしているのはそういうことだったのだ。

「あ、今度テレビに出るから」

「はっ？」

「よくわからないけど、雑誌でコラムみたいなの書いてたじゃない？　あれが受けたらしくて。夕方のニュースの、ちょっとした特集らしいけど」

「どこ行くつもりなの母さん……」

離婚して羽ばたいて行ったのはいいが、どこまで飛んで行く気なのかと心配になってくる。だが亘佑はまったく逆のようで、莉恵の活動が広がることを喜んでいるようだ。亘佑はテレビ局や放映時期について熱心に聞いている。

それが一通りすんでから、彼女は絢人をじっと見た。

「わたしのことはいいのよ。あんたたちはどうするの？」

「なにが？」

「家よ。晴れて恋人同士になったのに、お隣さんのままなの？」

「それが、絢人が同棲に応じてくれなくて」

「あらどうして？」

ここで莉恵にそれを言うのかと、絢人は思わず目を剝《む》いた。莉恵の性格からして、亘佑の側に付くのはわかりきっていた。

「いや、だって不便だと思わないし……というか、いまの状態って都合がいいだろ」

「家賃合算したら、もっと設備のいいとこに住めるじゃない」

「だけど、いい年した男が同居って、なんかこう……」

「あら世間体《せけんてい》？」

「うん、まぁ……」

真っ当なことを言ったつもりだったのに、莉恵は「はっ」と鼻で笑い、可哀想なものでも見るような目をした。

「ちっちゃい男ねぇ」

「ひどい」

一人息子に蔑《さげす》むような顔で言うことかと思う。思うが、それ以上の反論はせず、ただ溜め息をつくだけに止めた。同性愛に対する世間の目は温かいとは言えない。だから正論だとは思いつつも、こだわる自分に対して絢人も思うところがあったからだ。

「あんたの会社って、噂《うわさ》程度で解雇《かいこ》されるの？」

「されない……けど……」

「そうよね。第一、星野さんが上手く立ちまわってくれるんじゃない？　それに同居くらいで、そこまでにはならないでしょ？　昔ならともかく、いまどきは彼女が何年もいないって男も多いでしょうし。なんだっけ、草食系が進化したようなのもあったじゃない。あら、進化って言っていいのかしら、退化のような気もするわ」

言われればその通りだった。亘佑とは兄弟みたいなもので、家賃や生活費の節約で……と言えば理由としては成り立つし、絢人にかつて彼女がいたことは知られている。ここ数年、恋愛に対して枯れていたことも。

「人目のあるところでバカなことしなきゃ大丈夫よ」

冷静に莉恵が語る斜向《はす》かいで、亘佑は黙ってうんうんと頷いている。表情は我が意を得た、と言わんばかりだ。

「だいたい周りが無闇に同性愛者だなんだって騒ぎ立てたら問題でしょう、昨今は」

「陰口は叩かれるかもね。居づらくなることはあるかもしれない」

「そうしたら辞《や》めちゃいなさいよ。別に長倉《ながくら》に骨を埋める義理も、その気もないでしょ。あんたって、仕事はちゃんとやるけどそのへんはドライじゃない。愛社精神なんてないでしょ？」

「ないけどさぁ……」

さすがは母親だ。見ていないようでしっかり見ているところには閉口しつつ、成り行きを見守っている亘佑を恨めしく思った。今日は莉恵に任せきりにするつもりらしい。真面目な顔をしているが、その実にやにや笑っているのは確実だ。

「そうよ、辞めてうちに入ったらいいわ」

「は？」

「そこそこの待遇で雇《やと》ってあげる」

「なに言ってるんだよ。アパレルなんて無理」

ファッションについての知識は皆無だ。テナント誘致《ゆうち》のために繁盛店《はんじょう》などのリサーチはするが、把握しているのは事業規模や成長度などであって、服のことではないのだ。

「経理でも……ううん、それじゃもったいないわね。その顔と人当たりのよさを活かすべきよ。営業がいいかしら。あ、わたしの秘書がいいんじゃない？」

「いやあの、いまから決めないでよ」

「いいじゃない。キリのいいところで辞めちゃいなさいよ。どうせあんたは出世しないわよ。部長のお気に入りから役員の秘書になるくらいよ」

「それって星野さんが役員になること前提だよね？」

「なるでしょ、あの人は。あんたはコバンザメみたいにくっついてくしかないと思うわよ」

「マジでひどいんだけど……」

周囲の人間の、絢人への人物評がひど過ぎて泣けてくる。すると隣から手が伸びてきて、慰《なぐさ》めるようにして亘佑が頭を撫《な》でた。

昔、何度かやったことがある行為だ。ただし絢人から亘佑へであったが。

「絢人は十分優秀だと思うぞ。ただ人を引っ張っていくタイプじゃないってだけで」

「それなのよね。トップに向かないというか、サブなのよねぇ。敵を作るタイプじゃないのはいいと思うわよ。けどカリスマ性はゼロね」

亘佑のせっかくのフォローも莉恵の言葉で台無しで、絢人は深い溜め息をついた。言われるまでもなく自覚していることでも、面と向かって突きつけられたら落ち込みもする。笑い飛ばせるほど絢人はまだ人間が出来ていなかった。

「そういうわけだから、早めに見切りを付けていらっしゃい。母子《おやこ》で頑張りましょうよ。いろいろ便《べん》宜《ぎ》を図ってあげるわよ。亘佑くんと一緒の休みも取りやすくしてあげる」

「妙案ですね」

亘佑は乗り気で目を輝かせていた。彼としては星野から絢人を引き離せるので、これ以上ない話だろう。

「長倉辞めれば同棲してもいいんじゃない？　うちだったら問題ないわよ。給料だって同じくらいは出すつもりよ」

「いやいや、辞めないから！」

「そんなに居心地いいの？」

「というか、辞める理由がないだろ。いまのところ問題はないんだし」

「まぁそうね。星野さんが難色示しそうだし……あら、ちょっとメール見ていい？」

着信音は聞こえなかったが、振動が伝わったらしい。莉恵はバッグからスマートフォンを取り出して操作し、ふふっと口の端を少し上げた。

嫌な予感しかしない笑みだと思った。

そのまま莉恵は返信をし、何度かのやりとりの後でバッグにスマートフォンをしまった。

「ごめんなさいね。それでなんの話だったかしら」

「絢人の再就職の話です」

「違うから。辞めないし」

「ああ、そうだったわね。まぁ退職するかどうかは置いといて、同棲くらいしてあげなさいよ。別々の会社なんだし、言わなきゃ一緒に暮らしてるなんてわかんないわよ？」

「近所の目とか……」

同じマンションに噂好きの主婦でもいたら目も当てられない。そう告げると、莉恵は溜め息をついた。

「ワンフロアに一戸しかないとこでも探せば？　さもなきゃメゾネットで、上にも下にもドアがあるような特殊物件とか」

「ま……まぁ、それなら……」

あまりごねても、と思ったこともあるが、亘佑との同居自体が嫌なわけではないから、絢人はひとまず納得してみせた。亘佑の目がギラリと光ったように見えたのは思い過ごしではないだろう。キラリではなく、ギラリだった。

「それはそうと、食事の後も時間あるでしょ？　飲みに行きましょ」

「はいはい」

言い出すのは織り込みずみなので、絢人も亘佑も頷いた。彼女が食事だけで帰してくれるはずがないのだった。

連れて行かれたのは、歩いてすぐの場所にある外資系ホテルのバーラウンジだった。高層ビルの上層階にあるホテルはバーからの夜景が売りのようだ。

「いらっしゃいませ、成沢《なるさわ》さま。お連れさまがお待ちです」

顔を見るなりにそう言われた莉恵はよほどこの店に通っているようだ。

「……連れ、って……」

「嫌な予感しかしねぇ」

同感だ。思い浮かぶ相手は一人しかいなかった。大穴で亘佑の父親という可能性もゼロではないが、海外にいる彼が帰国したという話は聞いていない。

果たして、窓際にある半円状の席で待っていたのは星野だった。

「お待たせしました」

「いえ、来たばかりですよ」

星野と絢人たちとの事情を知らないとは言え、なんてことをしてくれたのだろうかと思う。亘佑の機嫌は急降下で、莉恵の手前ということも忘れてかなり物騒《ぶっそう》な雰囲気を漂わせている。殺気に近いものを放つ彼に、莉恵もすぐ気が付いてしまった。

「……あら、そういうこと？」

ここはノーコメントだ。そして座る場所は亘佑と星野が両端の席になるよう持っていった。なるべく彼らを離しておきたかった。亘佑の隣には絢人で、星野の隣は莉恵という布陣《ふじん》だ。

「最初から計画してたのか？」

「食事中にメールがあったでしょ。あれ、星野さんからだったの。だからヒマだったら来ないって誘ってみたのよ」

「幸いヒマだったんですよ」

「まぁ珍しい。今日はデートじゃなかったんですのね」

「莉恵さんのお誘いを待ってたんですよ」

妙に芝居《しばい》がかったやりとりに見えて、いたたまれなさに絢人は思わず目を逸《そ》らした。無意識に腕のあたりをさすっていたのは仕方ないだろうと自らを慰めた。星野が歯の浮くようなことを言うのは慣れている――というか諦《あきら》めている絢人だが、相手が自分の母親というのはどうにも落ち着かない気分になる。

毎度のことなのだけれども。

「今日はお揃いでお食事だったんですか？」

「ええ、亘佑くんの受賞祝いに」

「ああ……もうすぐ授賞式だね。当日は三石《みついし》さんもいらっしゃるとか」

「そうらしいですね」

亘佑はまるで他人ごとのようだった。口調こそ一応丁寧《ていねい》だが、本当に一応であり、嫌々話しているのは誰にでもわかってしまう。まして主催した会社の人間が、亘佑の会社の社長のことを持ち出しているのに。

思わず絢人は軽く足で小突いてしまった。

なんとかごまかそうと思っていたのに、隣から「ふーん」という声が聞こえてきて、絢人は一瞬で諦めた。

「嫉妬《しっと》深いのねぇ、亘佑くんって。まぁそうだろうとは思ってたけど」

「ちょっ……」

「心配にもなるわよね、星野さんだもの」

莉恵は勝手に納得し、ボーイを呼んで好みのカクテルを頼んだ。視線で促《うなが》され、絢人たちもそれぞれオーダーをすませる。

すでに食事のときからアルコールは入っているが、いまはもっと飲みたい気分になって、普段頼まないような少し強めの酒を頼んでしまった。

現実逃避に近いことは自覚していた。

「あの、母さん……」

「なに？」

「なんで、星野さん……」

莉恵は当然といった顔をしているし、星野は慌てる様子も否定する様子もない。そして亘佑も落ち着き払っているので、この場で動揺しているのは絢人だけだった。

「莉恵さんにカミングアウトしたんだね」

「あ、はい。ついさっき亘佑が……」

「そうだろうね。君がするとは思えない」

暗《あん》にそんな度胸はないだろうと言われた気がしたが、あながち被害妄想《もうそう》ではないだろう。ただし星野に悪意がないこともわかっていた。その証拠に星野は甘ったるい顔をして絢人を見ている。それが恋愛感情だというのはいまだに信じきれていないが、少なくとも彼が絢人に下心があることは理解したつもりだ。

「ところで星野さんは、どの程度うちの子に本気なんです？」

「どの程度というのは聞きずてならないな。わたしなりに本気ですよ」

「星野さんなり、っていうのがクセモノよねぇ」

莉恵の呟《つぶや》きに絢人も頷いた。本気の重さや度合いだって人それぞれだ。亘佑のそれとは確実に違うだろう。

「ひどいな」

「正しい認識ですね」

亘佑も冷ややかな声で莉恵に同意した。

莉恵はそんな亘佑と星野、そして絢人を順番に見て小さく頷いた。

「ま、頑張りなさい」

「えっ……」

激励された絢人は、まじまじと莉恵の顔を見つめた。そこは母親として、星野に釘《くぎ》を刺してくれるものと思っていた。

亘佑を見ると、彼は眉をひそめた後、大きく溜め息をついた。なにかを悟って諦めている顔をしていた。

口を開いたのは星野だけだった。

「それだけでいいんですか？」

「三十過ぎた息子の恋愛沙汰に関わるなんて、あり得ないでしょ。それに星野さんのことは信頼していますから。最悪のことはしないでしょうし」

「ああ、ストーカー化するとか、そういうことですか？　まぁしませんね。恋に人生を賭《か》けるタイプではないので」

「でしょうね」

そのあたりは莉恵も同類なのか、大いに理解出来るようだ。つまり星野の本気の恋愛とは、どうあっても理性を失わせるものではないということだ。ともすれば理性を飛ばしかねない亘佑とはタイプが違う。これは単純な年齢の違いではないだろう。

「ああ、そうだわ。もし星野さんに迫られて困り果てたら退職しちゃいなさいよ」

「は？」

「その日のうちに、わたしが雇ってあげる」

「それは困りますよ、莉恵さん」

いまのは莉恵のさりげない牽制《けんせい》かとも思ったが確認はしなかった。星野は笑いながらすぐ返したが、てっきり同意するかと思った亘佑を見やると、彼はどこか難しい顔をしていた。

「どうした？」

「よく考えたら、莉恵さんのところにも、ヤバいのがいるからな」

「ヤバいって……」

「絶対に絢人に気がある」

すると莉恵が当然のように話に入って来た。

「やっぱり気づいてた？　あの子、バイセクシャルみたいよ。前から絢人のことを舐《な》めるような目で見てたわよねぇ。失礼しちゃうわ。わたしは年齢的に無理みたいよ」

「もしかして本店の店長の話かな」

「ええ、そう。さすがね、星野さん。数えるくらいしか会ったことはないでしょうに」

それに比べて、とでも言いたげな顔をして莉恵は絢人を見た。本人だけがわかっていなかったという事実に呆れているのだ。

亘佑の思い込みですませようと思っていたのに、莉恵と星野まで同意見ではもうなにも言えなくなった。隣で亘佑が、そら見たことか……という顔をしていて、少し腹が立った。

「まだ理解してねぇんだな」

「というよりも認めたくないんじゃないかな」

「ああ、男にばっかりモテてる事実を？　でもしょうがないわよね。だってオスを感じないんだもの。それがいいって女もいるでしょうし、顔はいいから寄ってはくるんでしょうけど……結局最初だけだったわけでしょ」

またこの手の話かと絢人はうんざりした。同僚にさんざん言われて軽く凹《へこ》んだのはそう昔のことではなかった。

とうに納得していることだ。それに絢人は、仮に亘佑が介入していなくても、元彼女たちとはそう長続きしなかっただろうと思っている。最初は絢人の顔と人あたりに魅力を感じてくれても、そのうち例外なく不満そうな様子を見せたからだ。いろいろな意味でもの足りないと感じていたのだろう。積極的に愛情を示すタイプでないことが一番の原因に違いない。言葉は足りなかったと、態度に出るわけでもなかったのだから。

「まあ、ようするにオスだろうとメスだろうと肝心なのは付きあってから、よね」

ダメ押しのような一言に、思わず反応してしまう。恋愛に対するスタンスは、亘佑に対しても変わっていないからだ。いまはまだいいが、そのうち亘佑も絢人にもの足りなさを感じるのではないか。

ふとそんな考えが絢人の脳裏を過《よ》ぎった。

受賞パーティーが近くなると、社内の一部女性社員からは妙に浮《うわ》ついた雰囲気が漂ってくるようになった。授賞式に携《たずさ》わる社員たちで、当日の手伝いという狭い枠に相当数の申し出があったらしい。担当部署だけでは社員が足りずに、他部署からも手伝いを募《つの》ったためだった。

彼女たちの目当ては、どうやら亘佑らしい。

「あの年齢と独身……っていうのが、ポイントなのかな」

「部長、加えてあの才能！　将来有望じゃないですか」

亘佑のファンとして最古参《さいこさん》を自称する碓氷《うすい》は今日も鼻息が荒い。邪《よこしま》な気持ちはなく純粋なファンだと言うが、その情熱は誰よりも——恋人である絢人よりも凄《すさ》まじい気がしてならなかった。

「才能にこだわるのは君くらいだと思うよ。大抵は賞を獲ったっていう結果しか見ないいんじゃないのかな」

「そうかもしれませんけど……部長ってときどき辛辣《しんらつ》ですよね」

「おや、つい中身が」

にこやかに笑って星野は会場内を見まわした。すでに料理は並べられ、ホテル側のスタッフも長倉の社員もほぼ定位置についている。入り口の扉が開くまでもう一分もない。

亘佑はずいぶんと前にホテルに到着したようで、いまは控え室にいる。長倉の社員としては直接関わりもないので別部署の社員経由でそう聞いた。

それから間もなくして会場の扉が開かれ、次々に招待客が入って来た。主役たちの登場は最後となっている。

「うん、予想はしていたけど多いね」

「え？」

「若い女性が」

隣に立つ星野が小声で言った。絢人たち社員はステージの横に並んで立っていて、目があった人に会釈《えしゃく》を繰り返している。その合間だった。

「比較対象がなくて、よくわからないんですけど……」

「よく見てごらん。明らかに家族枠のお嬢さんが多いから」

そう言われ、あらためて招待客に目をやった。確かに社会人らしからぬ若い女性が多く、彼女たちは年配の男性客と一緒にいた。彼らのあいだに流れる空気は、ビジネスでも色のあるものでもなく、親子や親類だと言われればなるほどそうとしか思えなかった。

「正面手前、左側のテーブルは間違いなくそうだよ。確かお孫さんだ」

「ああ……大洸《たいこう》建設の会長ですよね」

大手ゼネコンの会長は絢人でも顔を知っている。数年前まで社長として、業界紙などでなにかと目にしてきたからだ。

「あの様子からして、せがまれたのかな」

「それって……」

先の言葉は呑み込んだ。小声で話しているから周囲には聞こえていないだろうが、念のために名前は口にするまいと思った。

別に個人的な繋《つな》がりが知られたところで害はないが、煩わしくはあるだろう。いや、害はあるかもしれない。亘佑との橋渡しを……なんて頼まれたら間違いなくストレスになる。

令嬢たちの目当てが亘佑という可能性はきわめて高い。星野がわざわざ口に出すくらいだから、普段こういった場に彼女たちのようなタイプはあまりいないのだろう。どこで亘佑のことを知ったのかは不明だが。

「今回のことは、わりと衝撃だったらしいしね。なんたって断トツで若かったし。三石も派手に受賞をアピールしていたよ」

「そうなんですか……」

絢人はそのあたりの話に疎《うと》いし亘佑もなにも言ってくれないのだ。籍を置いている会社が積極的に受賞をアピールしているというならば、亘佑の存在——容姿を含めたプロフィールが広く知られたとしても不思議ではない。

三十分ほど入場に時間をかけ、いよいよ授賞式が始まった。

担当部署の社員に連れられ、優勝を果たしたチーム――個人ではなく三人で共作して事務所として応募した――が先に立ち、後から亘佑が歩いてくる。

絢人に気づいているのかいないのか、視線があうことはなかった。事前に「故意に探すようなことはしない」と言われた通りだった。なにしろ会場にいる何百という人の目が向けられているのだから、下手な真似《まね》は出来ないのだろう。

彼を目で追う女性たちはそれぞれに喜色《きしょく》を浮かべていた。ある者は頬を染め、ある者はうっとりとしたように見つめ、ある者はじっと目で追いながら同行者になにか言っている。きゃあきゃあと騒ぐ者がいなかったのは幸いだった。こんなときに黄色い声を上げられたら目も当てられない。

「さすが莉恵さんの見立てだ。いいスーツだね」

「張り切ってましたから」

絢人のスーツも同時に届けられ、今日はそれを着ていた。悪目立ちすることはないがビジネススーツとは言いがたいタイプのスーツだ。

普段より少し華やかな装いも手伝って、亘佑はキラキラと輝いて見えた。あれでは女性たちの目を釘付けにするのも無理はない。

そして立ち居《たちい》振る舞いは実に堂々としたものだった。緊張している様子は見られず、若さに見あわぬ風格のようなものまである。

壇上に立つ誰よりも目を引くのは、その容姿のせいばかりではないだろう。

（すごいな……まだ二十六なのに。こんなところに立っちゃうなんてさ……）

亘佑は圧倒的にキャリアが少ない。現に優勝した三人は四十歳前後で、それでも建築士としては若い部類に入る。だから今回の亘佑の授賞は、異例の快挙と言っていいはずだ。

輝かしい道を進もうとしている亘佑と比べて自分はどうだろう。

長倉という会社自体は大きく業績もいいが、絢人は一社員でしかない。使えないと言われたことはないが、特別優秀というわけでもない。代わりはいくらでもきくという立場だし、ここ数年の実績は星野という上司の存在が大きいと自覚している。

フラッシュを浴びる受賞者たち――いや亘佑を見つめて絢人は目を細めた。

誇らしいような、それでいて胸が小さく疼《うず》くような、不可思議な気持ちがなくならない。

滞りなく進む授賞式にあわせて拍手を送りながら、絢人は小さく溜め息をついた。

式自体はそれほど時間は取らず、社長や審査員の挨拶《あいさつ》のほうが長かったが、それでも三十分とかからずに終了した。亘佑の受賞のコメントはきわめて短く、ただ「ありがとうございました。今回の賞に恥じないように精進《しょうじん》していきます」という、おもしろくもなんともないものだった。あまりの短さに会場がざわめいたほどだが、隣で星野は小さく笑っていた。

ちなみに笑顔がなかったことは緊張しているのだろうという好意的な解釈がなされていたようだ。

近くにいた招待客がそんなようなことを言っていた。

乾杯の後、絢人たちは接客に専念した。あちこちをまわって顔見知りに声をかけ、あるいはドリンクや料理を取って渡し、ときには名刺の交換をした。

亘佑と接触することは一度もなかったし、目もあわなかった。亘佑は常に人に囲まれていて、とても近付けなかった。

二時間ほどでパーティーは終わり、絢人たちの部署は解散となった。このあたりは担当部署ではないので気楽なものだ。飲みに誘われたが、疲れたからと断って家に帰った。

亘佑は当分帰れないだろうと思ったし、実際にそう連絡が入っていた。どうやら飲みに連れていかれたらしい。

軽い食事をすませてシャワーを浴びてベッドでうとうとしていると、玄関から音がした。眠りは浅く、即座に絢人は目を開けた。

「おかえり……」

時計を見ると、とっくに日付は変わっていた。

「疲れた」

「だよな。なんか飲むか？」

「もういい」

かなり疲労感を漂わせつつ亘佑はネクタイを緩めていた。パーティーのときからさんざん飲まされていただろうから、それも当然だろう。

彼は自室に戻ることなく絢人の部屋でシャワーを浴び、腰にバスタオルを巻いただけの格好で出て来てベッドに寝そべった。

「服着ろよ」

「どうせ脱ぐだろ」

「疲れてるんじゃないのか？」

「それとこれとは別」

セックスすると示唆《しさ》しながらも、すぐにする気はなさそうだった。さすがの亘佑にも、授賞式とパーティー、それからの二次会三次会の流れは大きな疲労をもたらしたらしい。むしろ今日はこのまま眠ればいいのではないだろうか。

「二次会って、どんなメンツ？」

「いろいろ」

「それじゃわかんないって」

「……ゼネコンの偉いさんとか、その身内とか」

「へぇ」

それはもしかすると大洸建設の会長と孫娘ではないだろうか。亘佑はむすっとしているし、絢人としても詳しく聞きたいわけではないから、相づちだけで流してしまった。

「まぁそういうのも大事だよ。仕事に繋がるし」

「別に俺はいまの仕事でかまわねぇんだけど」

「そうはいかないと思うよ。絶対、指名の仕事が入って来るだろうしさ。注目されちゃったんだから諦めろ」

「注目されたかったわけじゃねぇ……」

疲れを顔に滲《にじ》ませながら、亘佑は目を閉じた。酔っているのか、いつもとどこか様子が違う。亘佑はアルコールに強いので、相当飲まないと酔ったりはしないのだ。

眠ったのかと思いながら絢人は口を開く。聞いていないならば聞いていないで、別にいいやと思いながら。

「でも賞は欲しかったんだろ？」

「絢人に告白するためにな」

即座に返ってきた。眠ったわけではなかったらしい。

「あれって本気だったのか」

絢人はベッドに座って亘佑を見下ろしながら苦笑するが、目を開けた亘佑は真剣そのものといった顔をしている。冗談でもなんでもないようだ。

「当たり前だ。そもそも俺が建築士になったのだって、絢人が原因なんだぞ」

「は？　なにそれ」

初耳だった。以前――もう十年近く前――、大学では建築を学ぶと言い出した亘佑に、絢人はどうしてかと尋ねたことがある。それまでの亘佑はとても建築に興味があるようには見えなかったからだ。そのときは明確な答えをもらえず、以来ずっと、単純に興味を抱いたのだろうと思ってきた。もちろん絢人が長倉地所《じしょ》に就職すると決めたことで、この業界が視野に入ったのかもしれない、くらいには思ってきたが。

亘佑はちらりと絢人を見た後、ふたたび目を閉じて溜め息をついた。

「昔、一緒にテレビ見てて……そのときに、建築士の特集みたいなのをやってたんだよ。アメリカ人だったけどな」

「そうだっけ」

「あんたはそれ見て、こういう人って格好いい、って言ったんだ」

「……覚えてない」

十分に予想していた言葉だったのか、亘佑は無反応だ。特にがっかりした様子も見せなかった。

記憶の糸を辿《たど》り、おぼろげながらも思い出した。ちょうど就職活動をしていて、長倉が第一希望になったことから、たまたまテレビでやっていたその番組を見ていたのだ。内容はあまり覚えていないが、確かにそういうことはあった。

「うっすら思い出した……」

「そうか」

亘佑の追加説明によると、どうやらそのとき絢人は「才能があって、ちゃんと結果も出してるってすごい」だの「いいなぁ、尊敬する」だのと呟いていたらしい。

「……マジか……」

それは単純に恥ずかしい話だった。いまの絢人では絶対に抱かない感想だからだ。尊敬なんて言葉が自分の口から出たことが信じられず、亘佑の記憶違いでは……と思いたくなった。

ましてそれを聞いて亘佑が建築士になったなんて衝撃だった。忘れてしまっていたからなおさらだ。

「それだけなのか……？　ちょっとくらい建築に興味あったとかは……？」

「なかった」

きっぱりと言いきる亘佑に、自分の影響力の強さが少し怖くなり、遠くに視線を投げてしまう。何気ない言葉や身内としての情が、呪縛《じゅばく》のように亘佑を縛っているような気さえしてくる。

「それより……」

ぐっと引き寄せられて、絢人は亘佑の胸に倒れ込んだ。

すでにその気になっているらしく、抱き込んだ手が絢人の身体を這っていた。今日はかなり疲れているだろうから、いつもの週末と違って早く終わることだろう。

絢人のそんな甘い考えは、それから何時間もかけて否定されていったのだった。


授賞式から一ヵ月ほど、絢人と亘佑は思うように時間が取れないでいた。

あの数日後に亘佑は社内で異動し、やけに多忙になった。デザイン性よりも機能性と数を重視する建築が主な会社なのに、まるでアトリエ系と呼ばれるような仕事をする部署が新設され、そこに配置されたのだ。どう考えても亘佑のために創ったとしか思えない部署だった。ようは囲い込みだ。注目度の高い亘佑を前面に押し出そうという社の意向だ。

そうしてすでにいくつもの仕事が舞い込んできているという。莉恵からの仕事も正式に受けたようだし、地方の美術館の設計も名指しで入ったという。

絢人の生活パターンはほとんど変わらないが、亘佑の帰りが格段に遅くなってしまった。連日打ち合わせ——と称した顔合わせ——が入るからだ。なかには本当の打ち合わせもあるのだが、顔合わせについても会社の意向で断れないらしい。

亘佑はいまの会社を辞めることは考えていない。独立するには若過ぎるし、別の会社なり事務所なりに移ったとして、いまより好条件になるとは限らないと考えているからだ。

つまり非常に現実的と言える。だから絢人と過ごす時間が減って苛立《いらだ》ってはいるものの、仕方ないとも考えているようだ。あれでいて会社員としては真面目なのだ。

「元気ないね。悩みごとかい？」

星野と連れだって契約の席に臨《のぞ》んだ帰り、彼は前置きもなくそんなことを言ってきた。

「いや、悩みってほどじゃなくて……ちょっとした考えごとです」

「矢ヶ崎《やがさき》くんのことかな」

「……それって俺がわかりやすいんですか。それとも星野さんが鋭いんですか」

「両方だね。よかったら、これから食事でもどうかな」

「あ……はい」

仕事帰りに星野と食事に行くのは久しぶりだ。少なくとも亘佑との関係が変わってからは一度も誘われなかったからだ。だが今日も亘佑の帰宅が遅いことは告げられているし、夕食を作る気力もない。どうせなにか買って帰るつもりだったので、この誘いはちょうどよかった。

食事中に出るだろう話題を考慮したのか、星野が選んだ店は半個室タイプで適度に賑《にぎ》やかなところだった。店内に流れる音楽も会話を邪魔しない程度の大きさだが、大声でも出さない限りは会話が周囲に聞こえるということはなさそうだ。

席に着いて軽いつまみと酒を注文し、星野はテーブルに頬杖《ほおづえ》を突いた。

「矢ヶ崎くんは忙しそうだね」

「どこから聞いてくるんですか」

「風の噂でね」

相変わらず侮《あなど》れないなと思う。会社も違えば担当しているものも違うというのに、星野はどこからそんな話を聞いているのだろうか。いまだに彼の人脈については謎が多く、その情報網もまったく全容がわからない。

だが星野ならば、と納得してしまうのは確かだ。これは絢人だけでなく、星野を知る者ならば皆が思うことだろう。

「異動したんです」

「ああ、それも聞いてるよ。いろいろと仕事が入ってるみたいだね」

「らしいですね」

どんな仕事がどれだけ入っているのか、絢人は詳細を聞いていなかった。すでに公《おおやけ》になっていることと以外は、たとえ身内だとしても亘佑は言わないし、絢人も承知しているのでわざわざ尋ねることもないからだ。

「なかなか二人の時間が取れないのかな」

「そんなこともないですよ。平日は一緒に夕飯食べられなくなったくらいで」

会話は少しだけ減ったが、問題があるほどではない。遅いと言っても日付が変わるほどではなく、絢人が起きている時間に帰ってくるのでちゃんと言葉は交わしている。朝起きるのも一緒だし、朝食も一緒に取っていた。今朝もそうだ。

けれど、絢人との時間を捻出するために亘佑が多少の無理をしていることにも気づいていた。

「そのわりには浮かない顔だけど」

「……大したことじゃありません」

「話くらいは聞いてあげられるよ。矢ヶ崎くんには言えないだろう?」

「亘佑にも言えないですけど、星野さんに言うのも違う気がします」

どこまで本気か不明だが、一応は絢人に愛を囁《ささや》いている男なのだ。そんな男に恋人との関係について語るのはどう考えてもおかしいだろう。まして上司だ。プライベートなことを言う相手として相応《ふさわ》しいとは思えなかった。

「でも言える相手はあまりいないだろう？　莉恵さんにでもするかい？」

「ハードル高過ぎます」

「だろうね。だから、わたしが適任だと思うよ」

それでも頷けずにいると、酒と料理が運ばれてきた。とりあえず話は中断だ。食べようと言われて料理を口に運び、合間に酒も入れた。

そう強い酒ではなかったはずだが、自覚がないうちに疲れていたのか、普段よりも少量で、しかも早くアルコールはまわったようだった。

だから酔った勢いというものなのだろう。気が付くと、絢人は問われるまま口を開いていた。

「俺が恋人になれば、そのうち落ち着くかと思ってたんですよ」

「矢ヶ崎くんが？」

「そうです。手に入れば安心するっていうか、余計に盛り上がることもなくなるかなって」

「でもそうじゃなかった？」

「……いまのところは」

三ヵ月たつのに亘佑は相変わらず情熱的で、言葉でも身体でも愛を告げる。それは恋人になった直後からまったく変わっていなかった。

そして絢人も以前とそう変わっていない気がしていた。愛《いと》しいと思う気持ちはあるが、それが恋人になる前とどう違うのかもよくわかっていない。

「なんていうか……気持ちの強さとか重さとかが、俺と亘佑じゃ違う気がして……俺がもらうばっかな気がしてしょうがないんです」

相談というよりも自分の気持ちを吐き出すだけになったが、星野は黙って聞いてくれた。代わりに彼からのアドバイスもなかった。

「こういうのって、いつかバランス崩れますよね？」

「さぁ」

肯定《こうてい》も否定もしない星野に、絢人は子供っぽく拗《す》ねた。そのつもりも自覚もなかったが、アルコールのせいで少しばかり感情の抑制《よくせい》が出来なくなっていた。

「話せって言ったのに」

「相談に乗るとは言ってないよ。なにかアドバイスしてもいいけど、たぶん破局を促すようなことしか言わないよ」

「え……？」

「当然だろう？　わたしは君を狙《ねら》ってるんだから、彼氏とうまくいかないほうが都合がいいんだよ」

「それは……そうですけど……」

絢人は視線を逸らし、大きな溜め息をついた。

別れる方向に誘導しないのは良心的だと考えられるし、本気じゃないからだとも考えられる。どちらにしても星野は親切だ。

おかげでなんとかブレーキが効いた。洗いざらい心情をぶちまけてしまおうとしていたが、これ以上は言わないでおこうという理性が働いた。

亘佑は自分よりいい相手がいるんじゃないか、なんていう考えを口にしたら、さすがの星野も呆れるかもしれなかった。

「まぁ、一つだけ言わせてもらうと……矢ヶ崎くんは十年以上も待ったわけだろう？　三ヵ月やそこらで落ち着くわけがないよね。というかそもそも、君は矢ヶ崎くんに落ちついてほしいの？」

そう問われて、絢人は初めて疑問を抱いた。亘佑の激しい愛情表現が収まれば、胸にあるもやもやとするものは晴れるのだろうか。

だがなにがどう違うのかはわからなかった。

（違う…気がする）

言われたことはもっともで乾いた笑いしか返せない。ではどのくらいで冷めるのかと聞きたくなったが、言葉はすんでのところで呑み込んだ。

タイミングよく新たな料理が運ばれてきて、それをきっかけに話は変わった。最後まで亘佑の話題に戻ることはなく、店を出たところで星野とは別れた。今日は帰る方向が一緒ではないので、絢人は一人で駅に向かい、電車で帰宅した。あえてなにも聞かなかったし、星野もなにも言わなかったが、これから恋人のところへ行くのだろう。

星野は絢人を口説いてくるが、何人かいるという恋人たちとは別れそうもない。つまりもし絢人が落とされたとしても、それは何人目かに加わるというだけなのだろう。それが星野の本気だというのならば、絢人の本気とは違い過ぎて理解不能だ。とても容認出来ない。

「やっぱただの下心だよな……」

納得しながら家へと帰り着き、玄関のドアを開けたとき、絢人は驚きに目を瞠った。

部屋の明かりがついていて、亘佑の靴がある。そしてまだ帰っていないはずの亘佑が部屋着姿で寛《くつろ》いでいた。

「あ……あれ？」

「おかえり」

「どうした？　予定が変わったのか？」

「キャンセル。電話したんだけど、出なかったな」

「あー、ごめん。電池切れちゃって」

切れたのは最後に行った会社を後にしたときだったので、まぁいいかと無理に充電はしなかったのだ。ちょうど予備のバッテリーも切れていたし、仕事で緊急の連絡があれば一緒にいる星野が受けてくれるだろうと暢気《のんき》にかまえていた。

きっと食事のことで電話をくれたのだろう。ならば連絡がつかなかったことで亘佑が拗ねても仕方ないと思った。

「なにか食べたのか？」

「適当に、冷食」

「ごめんな」

なんとかしようと思えば出来たはずだったのに、どうせなにもないだろうと決めつけてしまった。

せっかく二人の時間が取れるところだったのにと思うと申し訳ない気持ちになった。

「いいけど……絢人は？」

「俺は……まぁいろいろ食べた」

絢人のそんな返事に亘佑は反応した。

「誰かと食ったってことか？」

「なんで？」

「一人でいろいろ食べるタイプじゃねぇだろ。弁当だったら弁当って言うはずだし」

なかなかの鋭さに感心しそうになったが、亘佑の顔付きがあまりにも厳しいので、緩みかけていた口元を慌てて引き締めた。

言い訳や嘘は無意味だろう。亘佑のことだから、ここまでの絢人の反応で、誰と食事をしたかの目星は付いているはずなのだ。

溜め息をついて絢人は言った。

「星野さんとだよ。契約の帰りに、そういうことになって」

「やっぱりな」

唸《うな》るような声よりも、その前に聞こえた舌打ちのほうが大きく聞こえた。亘佑が舌打ちするのは珍しくないが、苛立ちが相当強いことは感じ取れた。

「自分を口説いてる男と飲みに行くってどういうことだよ」

「飲み、っていうか……食事なんだけど……」

「同じだろ。実際飲んでるじゃねぇか」

反論の余地もなく絢人は小さく同意を示し、「ごめん」と呟いた。だが返ってきたのは呆れたような溜め息だけだった。

自分の恋人が、下心があると知っている男と二人っきりで食事に行けば、それは不愉快になって当然だろう。絢人にその気がないことなど承知だろうが、単純におもしろくないに違いない。絢人だって亘佑が女性と二人だけで食事に行ったら落ち込むはずだ。怒りはしないが、やはり女性のほうがいいのか、なんて卑屈《ひくつ》な方面に暴走することは想像に難《かた》くない。

「迂闊《うかつ》だった。もう二人だけでは行かないから」

同じ部署なので、ほかの社員や取引先を交えて食事に行くことは避けられないだろうが、プライベートで二人きりは二度とするまいと心に誓う。

亘佑はちらと視線を寄越し、軽く頷いた。

それでもその夜はなんとも言えない気まずさが残ってしまった。


母親に呼び出されたのはそれから数日後のことだった。

以前は週末に遠慮なく呼び出してきたものだったが、亘佑との仲を知らされてからは恋人たちの時間を邪魔してはいけないと、一応は気を遣うことにしたらしい。いつでもいいから早めに仕事が終わった日にメールを入れろと言われ、六時頃に身体が空いたと連絡したらすぐに来いと言われてしまった。

横暴なのは昔からだ。いまさら逆らう気も起きないほどには、昔から数々の「お願いという名の命令」をされてきたのだ。

「こんにちは」

本店に入って行くと、絢人の顔を覚えていた女性スタッフが笑顔を浮かべ、三階へどうぞとエレベーターまで案内してくれた。もっとも顔は覚えていなくても、莉恵にそっくりなのだから一目瞭然《いちもくりょうぜん》だったことだろう。今日は店長はいないようだった。

三階に着くと、オフィスが広がっていた。なかで仕事をしている人たちはキャリアの浅い人でも数年はたっているので、皆絢人の顔を知っている。

「あ、お久しぶりです。社長がお待ちですよ」

「ありがとうございます」

手ぶらではなんだからと、今日は手土産《てみやげ》に菓子を買ってきた。長倉本社近くにある洋菓子店のもので、莉恵が以前褒《ほ》めていたのを思い出して買ったのだ。

恐縮する社員に箱を渡し、オフィスの奥にある社長室に入って行く。社長室といっても半分以上が作業場だが。

「今日はなに？」

「夕食に付きあいなさいよ。亘佑くん、最近ずっと帰りが遅いんでしょ？」

「それだけ……？」

「そうよ」

胸を張って言うことではないと思ったが、これが莉恵だと諦めた。いちいち気にしていたら、彼女の息子などやっていられない。絢人がこんな受け身の人間になってしまったのは、多分に彼女のせいだと思うのだ。

「ちょっとこれ見て」

ばさっと音を立てて差し出してきたのは、結構な厚みのある資料だ。目を落とすと、それは貸し店舗のリサーチ結果だった。銀座《ぎんざ》という町名が付いた場所が実に十箇所近く挙がっている。

「なに、銀座に支店出す気？」

「まだ早いと思う？」

「思う。っていうか、家賃が高過ぎるし、正直言って母さんのところのブランド力じゃ難しいよ。路面店はまずないし……テナントは、家賃的にはいけそうなところもあるけど……」

「ああ、〈Blanc Blanc〉じゃないのよ」

「え？」

「まぁ座りなさい」

席を勧める前にデータを渡したくせに、莉恵はくすりと笑って絢人を促した。座ると言っても来客用の椅子《いす》やソファなどはなく、ただのキャスター椅子があるだけだ。

仕方なく座ると、莉恵は別の書類――企画書と銘《めい》打たれたもの――を見せてきた。

「ルームウェアの専門店ですって。実はもう渋谷《しぶや》に一号店ってのは決まってて、次はなぜか銀座って向こうが言うのよ。そのデータも意見を聞きたいって送ってきたの。〈キャンディ・スコア〉と一緒にやるのよ」

「え、下着メーカーの？」

手掛けた商業施設のテナントに入っている会社なので絢人もよく知っている。二十代から三十代の女性をメインターゲットにデザイン重視の下着を出しているところだ。

「大丈夫？」

「なにがよ」

「広げ過ぎじゃないか？」

「あら、心配してるの」

「当然だろ」

彼女に商才があることは知っている。デザイナーとしての才能ももちろんあるのだろうが、特筆すべきはやはり商売に対するカンだ。これは以前星野も言っていたので間違いない。先を読む力、流れをつかむ力が半端《はんぱ》ではないのだ。

「失敗しても痛手は半分以下ですむわ。向こうから言ってきた話なのよ」

「ルームウェアって、ようするに部屋着だよな」

「近所のコンビニに行く程度なら恥ずかしくない部屋着ってことよ。休みの日でどこにも行かない日の服ね。パジャマとして着るのもＯＫ」

「寝起きのままで宅急便の対応しても大丈夫なわけか」

「それはスッピン問題があるわね」

「あー」

化粧とは無縁の絢人には及ばない考えだった。そもそも男なので寝間着代わりのＴシャツと短パンで応対してもなにも問題ないのだ。亘佑に言わせると、そんな格好で絢人が男の前に出るのはあり得ないそうだが。

以前それをやって怒られたことを思い出し、つい苦笑してしまった。

「どうしたの？」

「いや……」

「亘佑くん？」

莉恵といい星野といい、絢人が少し考えにふけったり落ち込んだりすれば必ず亘佑が原因だと思うらしい。絢人にはほかに悩んだり溜め息をついたりする理由はないとでも思っているのだろうか。

実際、亘佑のことなのでなにも言えないが。

「まぁ、そうとも言える」

「なにそれ」

「基本的には俺の気持ちの持ちよう、っていうか」

「なによ、亘佑くんに不満があるの？」

莉恵は眉をひそめているし、問いかける声はすでに絢人を咎《とが》めるものだった。話を聞く前からもう亘佑の肩を持っているのだ。

「そうじゃないよ」

「だったらなんなの。そういえば亘佑くんも、ちょっと余裕ない感じだったわね……忙しいせいかと思ってたけど、原因はあんたなの？」

「亘佑に会ったのか？　いつ？」

「定期的に連絡は取りあってるわよ。会うのはたまによ。仕事頼んでるんだから当然でしょ」

「ああ……そっか」

家の設計の打ち合わせで、莉恵は以前よりも亘佑とよく話しているようだ。そして六歳のときから亘佑を見てきている彼女は、接する時間こそ絢人よりも短かったが、そこは母親目線なのか、亘佑の心の機微《きび》にもとても聡《さと》いのだ。

「で？」

「いや、大したことじゃ……」

「吐きなさい」

口調はいつもと変わらないのに、微妙に威圧的な雰囲気を纏《まと》っている。これは口を割るまで解放しないという意思表示だ。

口にしたら怒られることはわかっている。だが適当にごかますことも難しい。彼女が納得出来るような言い訳なんて考えつかなかった。

「その……亘佑ってテンション高いんだよ。性格的な話じゃなくて、恋愛的な意味で」

「まぁそうでしょうね」

「俺とテンションがあわない」

「……それで？」

「なんていうか、俺が恋人になったら気がすむんじゃないかって考えてた部分があってさ、しばらくしたら冷静になるんじゃないかって」

「冷静になるのと気持ちが冷めるのは違うわよ」

「うん……その通りだと思うし、なんていうか……そこにこだわってるのも違うような気もしてきて……」

言われたことは理解しているつもりだ。常日頃考えていたわけではないが、言われれば確かにそうだと思えたし、先日から絢人は自分の気持ちがますますわからなくなって、答えを求めてもがき続けている。

「あんたが思ってるより、シンプルな話よ、きっと」

「そうかな」

「それに、あんなにあんたのことを想ってくれる人はいない」

「わかってる」

絢人は神妙な顔で頷いた。どう考えたってそんな人は二人といないだろう。むしろ亘佑一人いたことさえ絢人には奇跡的に思える。

亘佑の愛し方は全身全霊を傾けている、と言ってもいいくらいだ。実感してるし、本気を疑ってはいない。

「けど……俺は亘佑より六つも上だしさ、亘佑はいい男だし将来性もあるし……。俺が恋人でいいのかな、とは思うよ」

「なんでそんなに自信がないのよ」

「こと恋愛方面で自信が付くようなことが一つもなかったんだよ」

種明かしはされたものの、歴代の彼女たちが容姿と態度に引かれて付きあい始め、中身を知って去って行ったのは事実だ。

「じゃあなに、仮に亘佑くんが別れてくれって言ったら、はいどうぞって別れるの？」

「それはそうだろ」

「足掻きなさいよ」

「いや、だってしょうがないし」

縋《すが》ってどうするんだと言外《げんがい》に告げると、それはそれは深い溜め息をつかれてしまった。呆れるを通り越し、哀《あわ》れむような目をされた。

「……確かにテンションが違うわね」

「うん」

「形の問題なんでしょうけど」

「え？」

「なんでもないわ。そこまでバカじゃないと思ってるけど、一応言っておくわ。いまの話……あっさり別れるって話は亘佑くんにするんじゃないわよ。傷つくから」

「あー……うん」

怒るかひどく落ち込むか、いずれにしても傷つくのは間違いないだろう。勢いで言ってしまわないよう、十分注意しなければ。

莉恵はやれやれと眉間《みけん》あたりを指で揉《も》んでいる。皺《しわ》が深くなったらどうしてくれる、と文句を言われたが聞こえなかったふりをした。


うまくいっていないと感じるときには、なぜかアクシデントに見舞われやすい。

昔からそう思っていたことが、また現実のものとなった。

担当者からの電話を切った後、絢人はふうと息をついて立ち上がった。そのまま星野のデスク前に立つと、なにごとかという目を向けられた。

「俺が担当してる〈ナチュリム〉なんですが、契約を取り消したいと言ってきました」

「理由は？」

「雑貨部門の縮小だそうです」

「業績は悪くないはずなんだが……まぁ社の方針なら仕方ないな。もっと成績のいい部門があるんだったな確か」

「ええ。とりあえず話を聞きに行ってきます。代わりも探さないと……」

出来れば同系統の店がいい、テナントに入る店はジャンルごとのバランスというものがあり、雑貨店の類いはどうしてもこれ以上は減らしたくないのだ。

来春オープンの施設は、まだすべてのテナントが埋まっておらず、別の施設と並行して誘致を進めているところだ。

「続くねぇ」

「はい」

先日も二件が契約直前で白紙になったのだ。一件は倒産だった。入る予定だったのは靴店で業績が悪いという噂はあったものの、倒産するほどではないという見方がされていた。そしてもう一件はレストランで、母体である食品会社が偽装問題で荒れに荒れてしまい、会社の体制が変わったことで方針も転換となったのだった。

「成沢くん、雑貨系よね。半分コスメみたいなところでも可？」

「いいんじゃないかな」

「じゃあ、こっちでも探してみる」

「ありがとう。あー、夜だけど、もしかしたら直《ちょく》で行くかも」

「おっけーい」

同僚に礼を言って外へ出たところで、絢人はつい溜め息をついてしまった。

ここのところ非常にバタバタしている。契約が白紙になること自体はさほど珍しくないが、何件も続くとさすがにこたえてしまう。もう一件なにか起きたらお祓《はら》いでもしようかと、絢人は自嘲《じちょう》気味に笑って廊下を進んだ。

（ギリギリかなぁ……）

今日は部内での飲み会が予定されているのだが、同僚にも告げた通り直接店へ向かうことになりそうだ。

スマートフォンを取り出して見て、ふっと溜め息をつく。

ここのところ絢人は連日帰宅が遅い。契約白紙の件に加え、接待が続いているためだ。おかげで以前にも増して亘佑と一緒に夕食が取れない日が続いている。

（週末も半分潰れたしな）

これは亘佑のほうの都合だ。地方の美術館設計の依頼で、どうしても現地へ行く必要があったのだ。日帰り出来る距離ではあったが、そこは先方が手厚くもてなしてくれたため、仕事が終わったらすぐさま帰る、というわけにはいかなかったようだ。上司も同行していたし、先方が事前に宿も用意したと言ってきたので、亘佑も観念したらしい。

（いやいや、それより仕事）

オフィスビルを出ると同時に意識を切り替え、先ほど電話があった会社へと向かった。あちらから来て説明するのが筋だとは思うが、そのあたりはケースバイケースなので仕方ない。契約金はすでに払われているので、そう揉めることもないだろう。

まだまだ明るい空と高い気温にうんざりしつつ、絢人は駅への道を急いだ。

それからやたらと疲れる時間を過ごし、予想よりもずっと長い時間拘束された絢人は、重い身体を引きずりつつ先方の会社を出ることになった。

忙しいんじゃなかったのか、と心のなかでぼやいてしまう。なにしろ延々と愚痴《ぐち》を聞かされていたのだ。自分たちにとっても寝耳に水だったとか、最近替わった役員がまったくの門外漢《もんがいかん》のくせに口出しがひどいとか、絢人には関係ないことばかりだった。

要約すれば五分ですむような話を一時間以上も聞かされるはめになったので、疲労感は並ではなかった。

（話を上手く誘導できないのも原因なんだけどさ……）

絢人はそのあたりがどうにも下手だ。自分のペースで進めたり仕切ったりということが本当に苦手なのだ。いかにも話を聞いてくれそうな雰囲気を醸《かも》し出している、というのは何人にも言われたが、実態はただ話を聞くしか出来ないだけだった。

そんな精神的な疲労を顔に滲ませて店に顔を出すと、全員が労《いたわ》りの目を向けてきた。

何度か来たことがあるこの店は手頃な価格の割烹《かっぽう》とも高級な居酒屋とも言えるもので、長倉の社員がよく使っている。掘りごたつタイプの席には、すでに部の全員とある程度の料理、そしてそれぞれの飲みものがあった。料理の減り具合からして、始まって間もないことがわかった。

「お疲れ。ビール？」

「うん」

「はい、ここ座って」

促された席は当然のように星野の隣だった。配属されてからずっと、絢人は星野の隣を外されたことがなかった。

「思ったよりは早かったよ」

「そうですか……」

「それで、なんだって？」

「ほかのテナントも撤退する可能性は高いそうです。すべて、っていうわけじゃなさそうなんですが、向こうもまだそのへんわかってないらしいです。相当テンパってましたよ」

「うちのビルに入ってるのが五店舗か……いくつ残るかな」

「はいはい、あらためて乾杯ですよ。成沢くんお疲れさま、で」

碓氷の音頭《おんど》で皆にとっては二度目の、絢人には最初の乾杯となった。なんてことはない定期的な懇親会なのだが、この部署にいる人間は飲み会を嫌がる者はいないので場の雰囲気がいい。異動前にいたところは、会社の飲み会など時代遅れのナンセンスな行事だと主張する先輩がいたために毎回微妙な空気が流れていたものだった。是非はともかく、飲み会の席が和《なご》やかなのはいい。ちなみにその先輩は数年前に退社した。

「あ、そうだ成沢くん。仕事の話でごめん。ちょっとこれ見てくれる？」

星野とは反対側にいる碓氷がスマートフォンの画面を見せてきた。

「雑貨？」

「うん、半分ね。アロマ系と雑貨の店みたいよ」

「オイルもだけど、スプレータイプのとか置き型の芳香剤みたいなのとか。パワーストーンも扱ってるみたいだけど、あやしい感じはしないかな」

「アロマか……」

「ふーん……ちょっと待って」

店名をメモしようとすると、送ると言われて絢人の電話に店名やアドレスなどの詳細が来た。後でゆっくりと見ることにした。

「よし、食べる」

忙しくて昼もパンを一つ齧っただけだった。これからオープンする施設だけでなく、複数の施設が契約更新の時期に入ったため、かなり忙しくなってしまっているのだ。更新せずに出て行く店舗が少なくないからだ。一つの施設ならばそう大した数ではないが、いくつもの施設で……となるとそれなりの数になる。

「もっとオープン時期バラしてくれればいいのに……」

「まぁね……」

仕方ないことだとはわかっている。長倉は大小さまざまな施設を扱っているが、比較的春と秋にオープンすることが多いのだ。

「成沢くん、これ好きだろう?」

ことんと目の前に揚《あ》げ出し豆腐《どうふ》の鉢《はち》が置かれた。星野が絢人から遠いところにあったものを取ってくれたのだ。

ある意味いつもの光景だった。

「ありがとうございます」

「部長、やっぱり成沢くんには優しいですよねー」

「わたしは皆に優しいつもりだけどな」

「それはどうでしょうねぇ。まぁ気持ちはわかりますけどね、わたしなんかと違って成沢くんは従順ですもんね」

碓氷の言葉のチョイスにはときどき絢人の胸に鋭く刺さるものがある。絢人自身も具体的にどうとは言えないのだが、従順という言葉にぐさりと来た。

さらに絢人を複雑な心境にさせたのは、誰からも否定的な意見が出なかったことだ。全員の反応を確かめたわけではないが、目に入る範囲では皆納得したように頷いていた。

「あ、別にイエスマンだって言ってるわけじゃないのよ？　わたしたちが部長に反抗的とかそういう意味でもないし」

「そうそう。成沢さんって、わりと言いたいことは言ってますよね」

「じゃあなに」

「なにって言われると説明しづらいんだけどね……。うーん、そうだなぁ……わたしたちが普通の部下だとすると、成沢くんは小姓《こしょう》とか従者とか、そんな感じ？」

「なるほどね」

思わぬ同意が反対側の隣から出て、絢人はがっくりと肩を落とす。相変わらず絢人のこの部署での立ち位置は微妙だ。悪いというわけではないし、普段はいじられキャラというわけでもないのに、たまにこんなふうに好き勝手言われてしまう。言っているのは主に碓氷なので、彼女の気分次第なのかもしれないが、皆が揃って同意するのが悲しいところだ。

「ところでさ……」

絢人はちらりと碓氷を見る。グラスの減りが早いようだ。彼女は酔ってくるとセクハラ発言をすることがあるので、キーワードは与えないようになんとか話を逸らそうと思った。

「あっ、そう言えば成沢くん。彼女とはうまくやってるの？」

「は？」

「ほら、何ヵ月か前に出来たって言ってたじゃない」

「そうだっけ？」

空とぼけてみるものの、簡単には引き下がってくれなかった。

「そうよ。肉食系女子でしょ」

「……別れた」

「ふーん……だから最近、ときどき視線遠いの？」

「え、マジで？」

「自覚ないの？」

「いや……気づかれてるとは思わなかった」

もの思いにふけることは多くなったが、職場でそれをやっているつもりはない。仕事が忙しくてそれどころではないはずで、亘佑のことを考えるのは移動中だけのはずなのだ。

だが碓氷はゆるりと首を横に振った。

「ぼんやりしてるって言ってるわけじゃないの。視線が遠いのよ。ね、部長も気づいてますよね？」

「まぁ……一応ね」

星野は首を竦《すく》め、話には加わらないという態度を見せた。彼は絢人の憂《うれ》いを知っているので、関わらないというスタンスを部下に見せることにしたのだ。

「いままでとは違ったわけか」

「……そういうことかな。これ以上は聞かないでくれよ」

「わかった。よし、飲もう」

碓氷はいつの間にかボトルで頼んでいたワインを勧めてきた。すると続くようにして、前の席の後輩が絢人のために空《から》のグラスを差し出し、その両隣の同僚たちはそれぞれがそっと枝豆《えだまめ》と鶏《とり》の唐揚《からあ》げの皿を絢人のほうに押し出してきた。いずれも絢人の好物だ。

まるで失恋したかのような扱いはやめて欲しいと思ったが、別れたと言ったのは自分なので、ここは甘んじて親切を受け取ることにした。

「……どうも」

隣で星野が笑いを堪《こら》えているのに気づいたが、とても睨むような真似は出来なかった。

懇親会はいつの間にか絢人を励ます会に変わり、主役と化したせいなのかいつになく飲まされてしまった。

気が付くと会はお開きとなっていて、なぜか星野と並んで同僚たちに手を振っていた。

「じゃあ部長、成沢くんのことお願いしますね」

「任せて。慣れてるから」

星野が笑いながら視線を寄越すが、絢人は特に反応しなかった。ふわふわとして半分夢のなかに足を突っ込んでいるような気分だった。

「あー、やっぱりこれ、飲ませ過ぎちゃいましたね」

「そうだね。まぁ、大丈夫でしょう。仕事には差し障《さわ》りないし」

明日は休みだからこそ、皆も調子に乗ったと言える。翌日の絢人が使いものにならなくても知ったことではない、というわけだ。同僚思いなのかそうでないのか、よくわからない人たちだ。絢人を当然のように星野に預けるのも彼らにとっては自然な流れらしい。

七名の同僚たちが去った後、星野は絢人に目を向けた。

「一応まっすぐ立ってるね」

「当たり前じゃないですかぁ」

「うん、見た目はともかく、しっかり酔ってるね」

くすくすと笑った後、星野は黙って歩き出す。慌てて絢人は追いかけて、すぐ隣に並んだ。来いともなんとも言われていないが、染みついた習性のようなものだ。

「まだ行けそうなら、次の店に誘おうと思ってたんだが……やめたほうがいいな」

「そんなに危なっかしいですか？」

「うん、とてもね。悪い心が出そうになるなぁ」

「あ、はい。帰ります」

それほど酔ったという気はしていなかったし、意識はしっかりしていると思っていたのだが、そうでもなかったらしい。星野の笑顔を見て絢人はおとなしく頷いた。

いつものことだと大通りまで歩き、拾ったタクシーに乗り込む。なにか大事なことを忘れている気がしていたが、どうしても思い出せなかった。

「すっかり失恋したことになっちゃったね」

「ああ……まぁでも、別にいいですよ。しばらく突《つつ》かれずにすむかもしれませんし」

碓氷はセクハラ発言こそあるが無神経ではないし、余計なこと——たとえば知り合いを紹介するようなこと——もしない。そして彼女がしないことをほかの同僚たちもしようとはしないのだ。だから当分はそっとしておいてくれるはずだ。

「ところで実際のところはどうなってるのかな」

「どうって……」

「別れる気になったのか、しがみつく気になったのか……」

「どっちもないですよ」

「というと?」

「亘佑が別れを切り出してきたら受け入れるってことです。自分から言うことはないですよ」

だんだんと酔いが醒《さ》めてきたのを感じる。思考力は本来のものになりつつあるし、口調もしっかりしてきたはずだ。

星野はふーん、と感情の読み取れないトーンで言った。

「君も大概《たいがい》、面倒くさい子だねぇ」

「……ですよね」

「そういうところも可愛いとわたしは思うけど、亘佑くんはどう思うんだろうね」

「さぁ……あいつは星野さんほど大人じゃないし、狡猾《こうかつ》でもないからなぁ……」

いろいろと策を張り巡らしたりしているようだが、感情面ではまだまだ未熟さが目立つ。そんな亘佑が「面倒くさい」絢人をどこまで許容してくれるだろう。蜜月という熱に浮かされなくなったとき、現実が見えるのではないかという不安がどうしても拭《ぬぐ》えない。

「狡猾ね……まぁ、君との関係が落ち着いて、あと何年かたてば彼は相当なものになると思うよ」

「星野さんと同じタイプにですか？」

「嫌そうだね」

「あの微妙な余裕のなさが可愛いのに……」

絢人にだけ甘えることも、余裕のなさをぶつけてくるところも、自分だけのものだと思うとたまらなく愛おしいものだ。それが失われてしまうなんて惜しいと思ってしまう。もちろん亘佑が好きな理由はそれだけじゃないから、可愛げがなくなったら冷めるなんてこともないが。

「成長したねぇ」

「え？」

「君がわたしに向かって惚気《のろけ》る日が来るとは思わなかったよ」

「そ……そんなつもりじゃ……すみません」

仮にも上司に対して青くなりかけたが、星野が楽しげに笑っていたのでほっとした。娯楽を見つけたときの顔をしていた。

だが本当に青くなるのはこの十数分後だった。

マンションの前ではなく街道沿いで降ろしてもらった絢人は、星野のタクシーが見えなくなるまで見送った後、さて帰ろうと踵《きびす》を返した。

そこでピキンと固まってしまう。

「亘……亘佑……」

街灯や店の照明が届かない場所にいた亘佑が、すっと前に足を踏み出していた。一瞬星野は気づいていたのだろうかと考えたが、あの暗がりでは無理だったろうと思った。

この道は駅からマンションへの道でもある。帰宅中の亘佑がいること自体は偶然でもなんでもない。ただしタイミングは絢人にとって不運でしかなかった。

そう、なにか忘れていると思ったのは、またうっかり星野と仕事以外で二人きりになってしまったことだ。二人っきりで食事に行ったわけではないし、今日職場の飲み会があることは亘佑にも言ってあったが、送られたのはマズいだろう。

亘佑の反応からして、相手が星野だったことはわかっているはずだ。

「えっと……た、ただいま……」

我ながら間の抜けた挨拶だと思った。ただしそのときはなかば混乱していて気づかず、思い返して乾いた笑いを漏らしたのだけれども。

「……ああ」

交わした言葉はそれだけだった。亘佑はすぐさま歩き始めてしまう。

慌てて付いて行く絢人はなにを言ったらいいのかわからなかった。口にしたことはすべて言い訳になりそうな気がしたし、亘佑が漂わせる空気が重くて言葉が喉に絡みつきそうだった。

息苦しすらを覚える。慣れた道のはずなのに、街道からマンションまではそんなに遠くないはずなのに、会話のない道のりはひどく長く感じられた。

隣に並ぶことも憚《はばか》られ、絢人は亘佑の少し後ろを黙って付いて行った。

一緒にエントランスをくぐり、エレベーターに乗って、同じ部屋に帰ったのに、亘佑はまったく口を開かない。視線さえあわせようとしなかった。

そして絢人はそんな亘佑の態度に、自分からはなにも出来なくなってしまった。

怒られることを覚悟していた。いっそ不機嫌な表情を浮かべ、低い声で怒ってくれたらよかったのに、亘佑はなにも言ってくれなかった。

叱られるうちは大丈夫なのだと、昔からよく聞いていた。なにも言わなくなったら、それはもう匙《さじ》を投げられた、ということなのだと。

だとしたら亘佑はもう絢人に呆れてしまったのかもしれない。

立ち尽くす絢人に、亘佑は嘆息《たんそく》した。

思わずびくりと絢人が身を震わせるのを見て、亘佑が顔をしかめたのがわかった。

「あの……ごめん、何回も、俺……」

「……絢人が大丈夫だって思うなら、いいんじゃねぇの」

それだけ言って亘佑はバスルームに入って行く。

バタンとドアが閉まる音がした直後、絢人はベッドに座り込んだ。

突き放すような声と言葉に胸が痛む一方で、自業自得《じごうじとく》だと自嘲する自分がいた。

最近の絢人は、週に一度は母親に呼び出されている。忙しいとは言っても毎日帰宅時間が遅くなるわけでもなく、たまたま定時で帰れるという日を狙ったように連絡を寄越すのだ。絢人の動向が莉恵に漏れているのでは、と星野を疑ったくらいにその命中率はいい。

今日もせっかくの土曜日に呼び出された。とはいえ予定はなにもなく、むしろひまを持てあましていたので問題はなかったが。

それでも一応、形だけの抗議をした。

「休日の会社員を呼ぶなよ。大した用事もないのに」

莉恵が絢人を呼ぶ理由は知っていた。彼女は本気で将来、絢人に自分の会社を手伝ってもらおうと思っている。いや、組み込もうとしている、が正しいだろうか。とにかくそのために、少しずつ社員たちやここの空気に馴染《なじ》ませようと目論《もくろ》んでいるわけだ。それは絢人の推測ではなく、社員たちの前で堂々と語られたことだった。

まずは外堀から、という莉恵の笑顔が怖かった。

「あら、予定でもあったの？」

「ないけどさ……」

朝一番に掃除と洗濯《せんたく》をした後は、ぼんやりとテレビを見ていた。リモコンを片手にあちこちの局を一通り映《うつ》しただけなので、果たして「見ていた」と言っていいかどうかはわからないが。

「亘佑くんは今日も仕事?」

「みたいだね。スーツ着て出かけてった」

最近の亘佑は土日出勤も珍しくない。クライアントと会うためで、個人の依頼ともなると、先方が週末しか会えないという場合もあるらしいのだ。

「相変わらずあんたのところで寝起きしてるの?」

「してるけど」

「ふーん……ケンカでもした?」

「してないよ」

ただし気まずいけど、と心のなかで続け、絢人は椅子に腰かけた。あの夜以来、亘佑は極端に口数が減り、ろくに目も合わせてくれなくなってしまった。

母親にことの次第を説明するつもりはなかった。言ったところで絢人が悪いのだと一刀両断されるだけだし、わざわざそんなことをされなくても、絢人は自分の迂闊さや甘さが原因だと承知しているからだ。

「幸せいっぱい、って感じでもないけど、忙しいの?」

「忙しいよ。そう言ってたじゃん、このあいだも!」

「休日返上してないだけいいじゃない。亘佑くんがいなかったら、どうせあんたなんて家でゴロゴロしてるだけでしょ？」

「……そうだけど」

休みの日に遊びに行こう、というバイタリティはない。いろいろな意味で意欲に欠けると、母親に溜め息をつかれたことは一度や二度ではなかった。それこそ子供の頃から絢人は親にそういった心配をされていたのだ。

「じゃあいいでしょ、手伝って」

莉恵が指し示したのは、絢人の目の前に積まれた紙の束《たば》だった。ちらっと見た限り、これは売り上げのデータのようだ。

「いや、あのさ、母さん。いくら身内でも、部外者だよ？　内部資料とかはダメだろ」

「でもそれ、おたくさまのテナント店の売り上げよ。長倉にも行ってるでしょ」

「え……ああ、それはまぁ来てるけどさ」

ならば問題ないだろうと言わんばかりの顔をされ、絢人は溜め息をついた。

テナントとの契約は固定賃料と歩合賃料に分けられるのだが、莉恵の会社は後者なので売り上げも長倉に提出されている。問題ないと言う根拠はそれだ。

「数字に関しては確かにそうだけど、一応こういうのはさ……」

「堅いこと言わないで見なさいよ。わざわざプリントアウトさせたのよ？　さすがにパソコン与えるのはどうかと思って」

「母さん的ボーダーラインはそこなんだ」

絢人は何度目になるかわからない溜め息をつき、莉恵からのプレッシャーに負ける形で書類を手に取った。

これが自分の悪いところだという自覚はあった。

「あれ、売り上げ伸びてる……」

「すごいでしょ」

ふふんと自慢げに言われ、曖昧《あいまい》に頷いておく。ここで絶賛しても気持ちが悪いと言われて終わり、という確信があった。

莉恵の店のデータは絢人の部署にもまわされることがある。ほかの施設がオープンする際の候補として、あるいは契約継続の際の資料としてだ。契約後のことは別の部署の管轄《かんかつ》となるので、提示を求めない限りは知ることもないのだ。

「なるほど、これじゃ調子づくか……」

「嫌な言い方するわね」

「いろいろ手を広げようとしてるだろ」

「慎重なだけじゃ会社は大きくならないのよ」

「そうなんだろうけどさ……」

莉恵を見ていると、つくづく自分は起業するタイプではないなと思う。大胆さに欠けるし、人を引っ張っていけるタイプでもない。では亘佑のようにクリエイティブな方面が向いているかと言うと、才能云々《うんぬん》を抜きにしても無理だろう。

「実感した」

「なにを」

「俺って、人に使われて初めてなんとかなるタイプだ」

ある程度は自覚していたが、あらためて実感してしまった。

「そんなの二十年くらい前からわかってたわよ。あんたは上司が優秀なら力を発揮出来るけど、上がボンクラなら自分もダメダメになるタイプね」

「星野さん、ありがとうございます」

思わず胸の前で手を合わせて呟いてしまった。そんな絢人を、莉恵は少し冷めた目で見つめており、気づいたときには顔が引きつってしまった。

彼女はなにか言いたそうだった。

「なに……？」

「亘佑くんと仲直りしなさいよ」

「だ……だから別にケンカなんてしてないって……！」

「でも問題は発生してるんでしょ？　わかるのよ、雰囲気とか言葉の端々で。母親舐めるんじゃないわよ」

　わけもなく「すみません」と謝ってしまいそうになったが、絢人はなんとかそれは押しとどめた。代わりに苦笑を浮かべてみせる。

「俺の迂闊さとかいろんな甘さが原因なんだ」

「そう、だったらなんとかしなさい」

「なんとか、って言われても……」

「前にも言ったかもしれないけど、わたしはなにもしないわよ。いい大人なんだから、自分でどうにかするのね。ないと思うけど、もし亘佑くんに捨てられたら、そのときは慰めてあげるわ」

「……うん」

　やっぱり母親だなぁ、なんて、絢人は心のなかで呟いた。


　強制的にデータの推移をまとめさせられ、その後はこれまた強制的にランチへと連れて行かれて、解放されたのは午後三時過ぎだった。いくら休日のランチだからといって二時間もかけるというのはどうなんだろうか。

（しかも相手は母親……）

きっとマザコン男だとでも思われたことだろう。なにしろ絢人と莉恵は似過ぎているので、両方の顔を見さえすれば、若いツバメではなく親子と判断されるのだ。過去の例はいくつもあった。何度か莉恵の付き添いで食事や買いものに行ったが、二人の顔を見た店員が言うのは「よく似ていらっしゃいますね」や「素敵な息子さんで羨《うらや》ましいですわ」なのだ。その言葉の裏に、マザコン男への蔑みがないことを願うばかりだ。

「それにしても、暑い……」

スーツじゃないのが救いだが、それでも暑いことに変わりなく、絢人は辟易《へきえき》しながら繁華街を歩いていた。

じりじりと焦《こ》げるような日差しを避け、ホテルのなかへ入る。別に用事はない。ただここから地下へともぐり、そのまま地下道を通って駅まで行こうと思っただけだ。同じことを考える人間はいるらしく、ぽつぽつとそんな流れが出来ていた。

ホテルに入ると、強めに効いたエアコンのおかげでほっとするような涼しさに包まれた。

絢人はロビーの端へ寄り、壁際にいくつか並べられた椅子に座った。ちょうど一つだけ空いていたのだ。ホテルにはこうして休める場所があちこちにあり、絢人と同じようになにをするでもなく座っている者が幾人もいた。なかには待ち合わせをしている者もいるのだろうが、ただ休んでいる者も少なくはないはずだ。

ここでもう少し休み、汗が引いたら地下道に進もう。そう考えていた。地下道は炎天下の外を歩くよりはマシだが快適なほど涼しくはないからだ。

ぼんやりと涼しさを満喫《まんきつ》しつつ、ロビーを行き交《か》う人々を観察する。

人を見ることも大事だというのは星野に教えられた。流行や人の関心を知ることは、テナント誘致にも役立つからと。

（やっぱりいまどきはどこも女性客がターゲットか）

ロビーに面したカフェレストランには列が出来ているが、並んでいるのは女性ばかりだ。年齢層は二十代から六十代くらいまでと幅広く、椅子も用意されているためか待たされていても苛立っている者もいなかった。

涼しくて椅子もあるので、苦にならないようだ。仲間内でおしゃべりに興じていることも大きいのかもしれない。もっとも待つのが嫌ならば、最初から並ばないだろう。新たに並ぼうとした客に店員が丁寧に声がけをしているから、おおよその待ち時間も告げられているはずだ。

一方でラウンジという名のカフェは若干《じゃっかん》の空席があるようだ。ホテルの天井を支える太い柱の何本かに囲まれるように店は壁で囲われておらず、柱のあいだには観葉植物が植えられた背の高いプランターが置かれ、周囲との境界線になっている。スーツ姿の客も多く、なかには商談らしきことをしているグループもあった。

こんなふうに人を眺《なが》めるのは久しぶりだが、なかなかにおもしろかった。汗も引いたことだし、そろそろ行こうかと腰を上げかけ、絢人はそのまま固まった。

見慣れた後ろ姿に、意識ごと目を奪われた。顔が見えなくても、絢人が亘佑を見間違えるはずがなかった。

きれいに伸びた背筋も、耳の形も、足の運びも、間違いなく亘佑のものだ。そして今朝、着て行ったスーツもよく知っている。

なにかを探すように首を巡らせたとき、整った横顔が晒《さら》された。

（やっぱり、亘佑……）

そして亘佑の横には、若くてきれいな女性がいた。亘佑は彼女を連れてラウンジに行き、ホテルスタッフの案内で席に着いた。亘佑はこちらに背を向けて座り、向かいに女性が座った。

ふと思い出す。あれは授賞式のパーティーで見かけた、大洸建設会長の孫娘ではないだろうか。遠目だし、髪型や化粧が違うので絶対の自信はないが、とてもよく似ている。

ただ亘佑を見かけただけならば動揺なんてしなかった。なんのためらいもなく駆けよって「偶然だな」と声をかけて、一緒に帰るなりどこかでお茶を飲むなりすればいいだけだ。たとえ最近はぎくしゃくしていたとは言っても、絢人と亘佑は恋人同士なのだ。むしろこんな場所で偶然出会ったことが、これまでの空気を払拭《ふっしょく》するきっかけになったかもしれない。

絢人は浮かせかけた腰を椅子に戻し、じっと亘佑たちを見つめた。自分でも意外に思うほど落ち着いていた。

（意外と冷静なもんだなぁ……）

ああなった事情はなんとなく察することが出来る。きっと最初は本当に仕事の話があり、そこに令嬢が同席していたか、終わる頃に現われたかしたに違いない。そうして令嬢と少し付きあうように頼まれた、という感じだろう。

一緒にいる限りはきちんとエスコートするはずだ。愛想はなくても紳士的な態度は崩さず接するのが亘佑だ。よほど鈍くもない限り、相手は距離を置かれていることがわかるだろう。

だが彼女が亘佑に好意を抱いているのは間違いない。

絢人はふっと息をつき、静かに立ち上がるとそのまま地下へ下りた。脳裏《のうり》には令嬢の嬉しそうな、弾けるような笑顔が焼き付いていた。

あんなふうにごく自然に、なんのためらいもなく亘佑が好きだと示せる彼女がまぶしかった。

自分がどうしようもなく、亘佑に相応しくないような気がしてしまう。

マンションに戻るまでのことはあまり覚えていない。帰宅してからも、ベッドにただ身体を投げ出してぼんやりと天井を眺めているだけだった。

途中でエアコンも付けていなかったことに気づいて、汗だくになりながらスイッチを入れた。喉がカラカラに渇いていて、起き上がるときに少しふらついたので、這うようにして冷蔵庫を開け、冷えたスポーツドリンクを一気に半分くらい流し込んだ。

自然と吐息が漏《も》れた。

危ないところだった。あのままぼんやりしていたら脱水症状がひどくなっていたかもしれなかった。

絢人は残りをゆっくりと飲んだ後、さっぱりしようとバスルームに入った。髪も身体も洗い上げ、洗濯したてのものを身に着けると、なんだか妙に吹っきれた気分になる。シャワーを浴び終える頃には部屋も冷えていたのでなおさらだ。

身体はまだ水分を欲している。絢人はミネラルウォーターを飲みながら、汗を吸ったシーツを剝がして洗濯機に入れ、新たにシーツをかけた。

（ようするに、怖かったんだ……）

シンプルだと莉恵が言っていた通りだった。

あの日を境に冷たくなった亘佑に怯え、いつか捨てられるんじゃないかと、同じように愛情を示せない自分ではそうなって当然だと思うようになっていたのだ。

自分が恋愛に向かないと思っていることも原因の一つだろう。過去の付きあいはすべて相手から去っていったのだから。

(やっぱり、あの話はなしだな)

いろいろと落ち着いた頃、亘佑が帰ってきた。外はもう暗くなっていたが、相変わらず外の気温は高いらしい。

「おかえり」

「ああ……」

「シャワー浴びれば？　さっぱりするよ」

「そうする」

言葉少なに答えて亘佑はバスルームに消えた。

ふと既視感を覚え、絢人は首を傾げる。この感じはとても懐かしい気がしてならない。だがなにが懐かしいのかはわからなかった。

視線を合わせず、口数は極端に少なく、にこりともしない——。

「あ……そうか、反抗期んときだ」

ようやく思い出し、絢人はくすりと笑った。シャワーとエアコンで気分がよくなっていたおかげか、自然と笑うことが出来た。

絢人と亘佑の付きあいは長く、家族のようなものだと思っていた。だから恋愛関係になるときには、まったくの他人よりも躊躇《ちゅうちょ》してしまった。男同士という点を差し置いても、亘佑との関係を変化させることは怖かったのだ。

恋愛関係が破綻したとき、元に戻れるのだろうかという心配があったからだ。赤の他人ならば別にいい。別れた後、二度と会わなくてもかまわないからだ。だが亘佑は違う。彼との繋がりが絶たれるのは——関係がいびつなものに変わってしまうのは、どうしても嫌だった。たとえ恋人ではなくても亘佑のそばにありたい。思えばいまの関係になる前から、そんなふうに思っていた気がする。

目を閉じて考えごとをしているうちに、亘佑がバスルームから出て来た。今日もTシャツとパイル地のロングパンツというルームウェアだった。最近は以前のように裸同然の姿で出てくることはなくなっていた。

絢人と同じように水を手にし、亘佑はいつも食事をしているテーブルに着いた。ワンルームだから距離はないが、視線は合わないままだった。

「夕飯どうする？」

まだ夕食の時間には早いが、一応意見を聞いておく。話のとっかかりとして、夕食くらいしか思いつかないという理由もあった。

「食えそうもないから、今日はいい」

「おまえも？」

「……絢人はなにを食ったんだ？」

「母さんとフレンチ。ちょっとへビーだったんで、たぶん当分腹は減らないと思う。がっつりコースだったんだよ」

今日の店はコースの料理をセレクト出来る、いわゆるプリフィクススタイルの店だったのだが、絢人はそのチョイスをミスしたのだった。味はよかったものの、どっしりくるようなものを頼んでしまったのだ。メニュー名を見たときには想像も出来ないボリュームに、絢人の胃はすっかりやられてしまった。

「莉恵さんのところへ行ったのか」

「急な呼び出しでね」

「あれ……本気なのか？　絢人を会社に入れるっていう……」

「わりと本気らしいよ」

絢人自身にそのつもりはないが、将来的にどう考えが変わるかはわからない。いまの職場を居心地がいいと感じるのは上司と同僚のおかげでもあるので、もし異動なんてことにでもなって、移った先の雰囲気があわなかったら、たちまち転職に心が傾いても不思議ではない。

母親の元で働きたいとは思わないので、あくまで可能性だが。

「莉恵さんから聞いたか?」

「なにを?」

「家のこと」

「いや、全然。よく連絡取ってる、とは聞いたけど」

ここ最近では一番亘佑と会話が続いている。もしかしたら、令嬢と二人で会っていた、という後ろめたさでもあるのかもしれない。男女の違いこそあれ、思いを寄せられている相手と二人だけになったという点には変わりないのだから。

そんなふうに考える自分は思っていたよりも心が狭いようだ。唐突に絢人は自覚した。

「絢人?」

「あ……ごめん、なに?」

「具合悪いのか?」

「そんなことないよ。ちょっと暑さにやられちゃっただけ。それより、母さんから聞いたかって、なんのこと?」

無理に笑った顔を見て、亘佑は心配そうな表情になった。思うところはあるようだが、絢人が視線を促《うなが》すと、追及するのは諦めて説明を始めた。

「いろいろ事情が変わって、かなり大胆に方向転換したぞ」

「どんな？」

「まず、新築じゃなくなった」

「は？」

意表を突かれて絢人は間抜け面をさらすはめになった。知らないあいだに予想もしていなかった方向に進んでいたらしい。

「いま本社が入ってるビル、オーナーが個人だって知ってたか？」

「いや……」

「個人って言っても、法人化はしてるぞ。ほかに持ちビルはないらしいけどな。たぶん先祖代々の土地ってやつじゃないか」

「ああ……」

「で、高齢のオーナーが売却したいって言い出したらしいんだよ」

「あ、それで母さんが買っちゃうって？」

「正確には莉恵さんの会社がな」

「……大丈夫なのか……？」

絢人は素早く頭のなかで計算した。あのあたりの地価と面積、それから築年数などを考えて、うーんと唸《うな》る。無謀《むぼう》というほどではないが、絢人ならば手は出さないだろう。安全策を好む絢人としては当然なのだが、莉恵は違うのだろう。

「さんざん考えた末らしいぞ」

即決されても困るが、考えたからといって手放しに賛成出来るものでもない。なにしろ億単位の話になってくるのだから。

「あのビルの上のほうって、確か一つ空いてて、もう一つは美容院だったよな？」

莉恵の会社が使っているのは一階から三階までで、ビルは七階建てだ。四階は美容室で、五階は一年ほど前からテナントが入っておらず、六階は賃貸住宅だった。ただし現在は莉恵しか入居していないという。七階はオーナーの住居だった。

「美容院は移転準備をしてるそうだ」

「もともとそういう予定だったのか？」

「らしい」

「そっか……だったら立ち退きとかそういう問題はないんだな、むしろ母さんが買わなかったら、こっちが立《た》ち退《の》きの可能性も出るのか」

莉恵の会社以外がオーナーになった後、継続してテナント契約を結んでもらえるとは限らないのだ。

それを考えると、買おうと決意した莉恵の気持ちも理解出来た。

「それでリフォーム……って、おまえがやんの？　初めてだよな？」

「仕事ではな。まぁ、経験になっていいんじゃねぇの」

方向性が大きく変わっても亘佑は仕事を引き受ける気らしい。莉恵からの依頼なので、ほかにまわすという頭がないのだろう。

「それで、俺たちの同棲なんだが……」

「あ、うん。その話をしようと思ってたんだ」

なかば強引に話を被せていくと、亘佑は怪訝《けげん》そうな顔をした。絢人はこんなふうに言葉を遮《さえぎ》ることはまずしないからだ。

流されるように、あるいは絆《ほだ》されるように、絢人は了承の方向に傾いていたが、いまはやめる方向で意思が固まっていた。

あらためて絢人が話を切り出したことで、亘佑はかなり身がまえていた。雰囲気で色よい返事でないことは察したのだろう。

「悪いけど、なしにしよう」

「なんでだよ。俺の態度が原因か？」

「やっぱ自覚あったんだ」

絢人の苦笑を見て、亘佑はバツの悪そうな顔をした。だがすぐに険しい表情に戻り、睨むように、それでいて縋るように絢人を見つめる。思ってもみなかったことを言われた、という様子ではなかった。きっと亘佑のなかでは、あり得ることだったのだ。

　気持ちが離れていないことは、この顔を見ればわかる。それでも絢人は緩く笑った。

「悪かった。少し……意地になってかもしれない」

「うん、俺こそごめんな」

「俺は謝って欲しいんじゃねぇよ、なんでだって聞いたんだ」

「……理由は……、うん……少し考えるところがあって」

　絢人自身でもうまく纏まっていないのだ。気持ちは複雑で、どうあってもすっきりとせず、混乱したままだった。

　同居に乗り気じゃないのは世間体だと自分でも思っていた。だがそうではなく、ただ逃げ道を作ろうとしていただけだと気付いてしまった。

「今日さ、俺……クラウンホテルのロビーにいたんだ」

「え……？」

「母さんとランチした後、暑くて……駅まで地下通っていこうと思って」

「誤解だ！」

　いろいろな言葉をすっ飛ばし、亘佑はそれだけ叫んで立ち上がった。その必死さに、絢人はついくすりと笑ってしまう。

「うん、誤解はしてないよ。たぶん俺、かなり正しい推測が出来てると思う」

大丈夫だとわからせるつもりで絢人は微笑み、声も調子も言い聞かせるような感じを意識した。だがそれがかえって亘佑を焦らせてしまう。

鬼気迫る様子で近付いてきた亘佑は、がしっと絢人の肩をつかんだ。

「説明させてくれ。違うんだ、あれは大洗のっ……」

「会長の孫だろ？　パーティーのときも、おまえに熱い視線送ってたよ。仕事の話なのになぜかいたとか、終わり頃になぜか来たとか、だろ？」

「ああ……」

冷静な絢人に拍子抜けしながらも亘佑は警戒していた。絢人が別れ話を切り出すんじゃないかと考えているのだ。

「それで、ちょっとだけ付きあってやってくれ、とか言われたのかな」

「建築士志望で、俺の作品が好きだと……」

「ああ、だから話が弾んでたのか」

「別に弾んでなんかねぇよ。向こうがいろいろ話して、俺は相づち打ったり質問に答えたりしてただけだ」

亘佑は些細《ささい》な誤解もされたくないようで、細かく訂正を入れてくる。話題が建築方面に終始していたので、さほどストレスにはならなかったらしい。

絢人は納得し、小さく頷いた。あのとき遠目に見て判断したことはそれほど大きく間違っていなかったようだ。

「本当だ。信じてくれ」

「うん、だから疑ってないよ。それでもさ、お嬢さんとすごくいい感じに見えたんだ。なんか……彼女とどうこうって言うんじゃなくて、やっぱり亘佑には……」

「絢人っ」

鋭い声に、続けようとしていた言葉は遮られる。絢人を見据える目は、咎めるような、あるいは悔しそうなものだった。

「それ以上言うな」

「でも……」

「俺の気持ちとか、ずっとあんたを想い続けてる俺のこととか、全部否定する気か」

苦しげな言葉に絢人は目を瞠る。亘佑を傷つけたかったわけじゃないのに、結局こんなことを言わせてしまった。

「……そんなつもりじゃなかったんだ……」

「だったら絶対に言うな」

絢人は逃げるように視線を逸らし、向けられた言葉を嚙《か》みしめる。確かにそうだと思い、息苦しいほどの後悔に見舞われた。

言おうとしたことだけじゃない。ただの幼なじみに戻るとか、亘佑が自分に飽きるとか、終わりを前提に考えていたこと自体が、彼の本気を軽く受け止めていたということになる。

らしくもなく絢人の思考はひどくネガティブだ。これまでの人生でこんなふうにぐるぐると悩んで空まわりしたことなどなかったのに。

「絢人」

「……うん」

「俺と別れることを考えたのか？」

即座に返事は出来なかったが、黙ってしまったことで肯定を示す形となってしまった。

かすかだが、深い溜め息が聞こえた。

「聞いてくれ。確かに最近の俺は態度が悪かった。それで絢人が不安になったなら、それは俺のせいだよな。でもただの幼なじみに戻るのはなしだ」

「……冷めたんだと思ったんだ……とうとう俺に呆れたんだって」

「違う」

「うん……いまは、わかる。けど……捨てられたら、どうしようって……だから、予防線張ってたんだ、きっと……」

自分で笑いたくなるほどか細い声だと思った。らしくもなく弱気で、亘佑の前だというのに情けない姿を晒してしまっている。

そんな絢人の頬に亘佑は大きな手を添えた。

じんわりと熱が伝わってくる。エアコンで冷えた肌に、シャワーの熱が残るその手は心地よかった。

「冷めたんじゃねぇよ。なんて言うか……あのクソ上司のこともさ、いちいち目くじら立てるのは余裕がなさすぎてガキっぽいよな、って思ったから我慢してただけだ。結果、ろくに目もあわさねぇって、それはそれでガキっぽかったよな」

思わず視線を戻し、まじまじと亘佑を見つめた。バツの悪そうな表情は、本人も言ったように子供じみた行動だったと猛省しているのだろう。

「妬《や》くのも心配するのも当然だよ。俺だって、好きでいるわけじゃないって理解してるのに、あの子と亘佑がお茶してるのに見ると、嫌だったもん……あ、もんって言っちゃった、ごめん、なんか気持ち悪い」

「全然そんなことねぇ」

「そ、そうか？」

「可愛いから許す。っていうか、妬いてくれたのか……そうか……」

「……妬いたっぽい」

いろいろとわかっていた絢人ですら妬いたのだから亘佑がヤキモキするのは当然なのだ。いや、相手があの星野ならばヤキモキですむはずがない。ホテルのラウンジにいた亘佑と令嬢、夜にタクシーで同乗していた絢人と星野では、危険度が違い過ぎる。まして絢人は酔っていた。間違いが起きなかったのは星野にその気がなかったおかげなのだ。

「ちょっと嬉しいって言ったら怒るか？」

「怒らないよ」

手を伸ばし、つい頭を撫でてしまいそうになってやめた。代わりに持ち上げた手は亘佑の背中にまわし、そっと抱きしめた。体格が劣るせいで、まるで自分から胸に飛び込んでいくような格好になってしまったが別にかまわなかった。

「今日、可愛いな」

「こういうのがいいんだ？」

「たまにはな。いつもの絢人も好きだけど」

「っ……」

さらりと恥ずかしいことを言うのはやめて欲しいと絢人は顔を伏せた。まるで星野が言いそうなことだが、きっとあの男に言われたとしても絢人は「はいはい」と流せただろう。亘佑だとこんなに恥ずかしいとは知らなかった。

「絢人……」

耳元に触れる声に、ぞくっと震えた。掠れたような声が艶《つや》っぽくて、こんなときなのに変な気分になってきてしまう。

「や……待って、くすぐったい」

「感じた？」

意地悪く笑う亘佑を軽く睨み付けるが、きっと迫力なんて皆無だ。自覚はあった。ちょっと悔しいと思うのは、亘佑から余裕の気配を感じたからだった。さっきまで誤解されまいと必死だったのに、問題ないとわかった途端にこれだ。

「亘佑のくせに……」

ふと口にして、唐突に腑《ふ》に落ちた。

絢人はずっと年上という立場に固執していたのかもしれない。亘佑との関係がスタートしたときの立ち位置を、いつまでも保ち続けようとしていた。それが無意識だったから余計に質《たち》が悪かったのだろう。

その一方で六歳も年上であることに引け目を感じたのも嘘ではないのだ。

自覚して無言になった絢人を見つめて、亘佑は真剣な顔付きになった。

「たぶん気づいてると思うけど、俺は年下ってこと結構気にしてる。それと、自分だけが夢中になっているみたいでもどかしかった」

「亘佑……」

「ああ。でもそれを気にすること自体がガキのような気がして、これは違うだろうとも思ってて……なんか、堂々巡りっつーか」

きっとそれは絢人が年上風を吹かせたことも原因なのだろう。いつまでも昔の関係をイメージしていたからだ。

「俺もだよ」

「絢人……？」

「俺も年上なことを気にしてたよ。亘佑は若くて才能あって、俺にはもったいないって」

「そんなわけねぇだろ」

「だからさ、俺は亘佑が思ってるほど大人じゃないんだよ。たぶん精神年齢なんか同じくらいじゃないかな」

自分でも驚くくらいに、素直な気持ちがすらすらと出てくる。

ささやかなプライドや意地を捨ててみたら、とても気分が軽くて心地よかった。

「かもな。特に恋愛方面で絢人はガキだったんだな」

しみじみと呟かれ、絢人は少しばかり打ちひしがれた。亘佑だって大人とは思えない余裕のなさなのに、その彼に「ガキ」と言われるのは心外だ。

ムッとしていると、また笑われた。

「俺も大概だが、絢人の恋愛オンチっぷりはひでぇぞ」

「オンチまで言う……？」

ひどいと呟きながらも、ひそかに絢人は同意してしまった。過去にした「恋」だと思っていたものは、いまにして思えば恋ではなかったと気づいたからだ。

大抵は好きだと言われ、その相手を可愛いと思ったからＯＫして、そして向こうから去って行く。パターンの多くはそれだった。去って行った相手を引き止めたことはなかったし、別れた後で引きずったこともなかった。

「どうした？」

「いや……俺、自覚なかったけど、ひどい彼氏だったなって……」

デートもしたし好きだと言ったし、プレゼントもちゃんとした。だがそれだけだった。相手が元彼とメールのやりとりをしていてもなにも感じなかったし、試すようにほかの男の話をされても、ごく自然に聞いていた。

「オンチ以前な気がしてきた」

「俺のほうがたぶん、ひどいだろうな」

「そういえば、亘佑って……？」

彼女の噂はよく耳に入ってきたが、本人曰くどれも噂でしかなかったらしい。なにしろ亘佑は非常にモテたので、街でちょっと女の子と立ち話をしただけで、翌日には彼女の噂がまわってしまうほどだったのだ。

だが絢人を抱いたときの亘佑は明らかに慣れていた。少なくとも初めてセックスをした、という感じではなかった。

「……恋人はいなかった」

「えーと、つまりプロを相手に？」

「なんでそうなる」

「あ、違うの？　てっきり素人童貞だったのかと……えーとそれじゃセフレ……？」

一瞬言葉に詰まったものの、観念したように亘佑は口を開く。

「……割り切って会ってた友達が何人か」

「それをセフレと言うんじゃないのか？」

亘佑はかなりバツが悪そうだが、絢人はいまさら過去の所業を責める気はなかった。いくら絢人のことがずっと好きで、いずれは……と思っていたにせよ、二十六という年までなにもしないでいろというのは酷《こく》だ。

「したくてしてたわけじゃなくて」

「え？」

「絢人とするときに、ヘタだとあれだから」

「……バカだなぁ」

思わず笑ってしまい、真剣だったらしい亘佑はムッとした。そんなところも含めて可愛いのだが、実際にそれを言ったらさらに機嫌を損ねそうなので我慢する。

「やっぱそういうの嫌か」

「もう俺以外としないって言うならいいよ」

「するわけねぇ……！」

「うん」

絢人はくすりと笑いながら亘佑に口づけた。

恋人になって何ヵ月もたつのに、いまさらこんな話をしたことに笑えてきてしまう。どうやら自分たちには話すということが足りなかったらしいと反省した。なまじ付きあいが長かったから、相手のことはなんでもわかってるような気になっていたのだ。

「意外と亘佑のこと知らなかったよ」

「俺もだな。絢人はもっと楽観的で、自分に自信があると思ってた」

「あー……たぶんそれ、俺がそう思われたかったからかも。亘佑に尊敬される兄貴でいたかったんだよね」

見栄を張りたかったのだと、いまなら認められる。出会ったときは大きかった差がどんどん狭《せば》まって、いろいろな点で亘佑のほうが優れていることに気づいて、絢人は年齢という絶対に追い抜けないものに縋ったのかもしれない。意識したことではないので、自分のことでありながら確実なことは言えないのだが。

「ごちゃごちゃ考えるのはもうなし。俺はおまえが好き。それでいいんだよね」

「いいんじゃないか。俺なんて、基本的にずっと昔からそうだぞ」

「一途だよな、心は」

「……いまは身体もだ」

痛いところを突かれた、という顔をしたのは一瞬だけだった。すぐに亘佑はニヤリと笑い、絢人をベッドに押し倒した。

身体がまさぐられ、唇を塞《ふさ》がれる。

息ごと奪うようなキスは、最近ずっと触れずにいた反動だろうか。余裕があるように見せて、実はそうじゃなかったのがよくわかる。

「ん、ぁ……」

舌先が口腔《こうこう》をいいように嬲《なぶ》り、少しずつ絢人の力を奪っていく。

頭の芯がじんと痺れるような甘い感覚を味わいながら、絢人はあっという間に身に着けていたものを脱がされていった。

亘佑が欲しくてたまらなくて、絢人もキスをされながら亘佑の服を脱がしてやる。

強めにしたエアコンのおかげで肌の熱さが気持ちいい。

やがて名残《なごり》惜しそうに離れていった唇は、次にあらわになった胸を捉えた。

「っ、ぁん……」

ちゅうっと強く吸われ、それだけで絢人は甘い声をこぼしてしまう。

数ヵ月前はこんな身体じゃなかった。抱かれるたびに腫《は》れそうになるほど弄られて、快楽を覚え込まされて、キス一つで気持ちよくなってしまう身体にされてしまった。

いきなり以前言われたことを思い出す。あれは亘佑とこうなる前に、星野に言われたことだった。

「どうした、絢人」

意識が逸れたことに亘佑はなぜかすぐ気付き、訝《いぶか》しげに尋ねてきた。こういうことには異様なほどカンが鋭いのだ。

「ん……前に、俺は抱かれるほうが向いてる、って言われたこと……思い出して」

口にした途端、亘佑の機嫌が急降下するように悪くなった。

そこでようやく絢人はマズい、と思った。ごまかそうと思えば出来たはずなのに、なぜかその考えに至らなかった。

「こんなときに、ほかの男のこと考えてたのか」

「いや、考えたっていうか、急に思い出して……っ」

慌てて言い訳——絢人にとっては事実を伝えるが、亘佑の様子は変わらなかった。

危機感は急速に膨《ふく》らんでいた。過去にも似たようなことがあり、そのときは失神するまで責められたからだ。

「そ……そういうのはガキっぽいから、とか言ってただろっ？」

「開き直ることにした。覚悟しろよ。メチャクチャ泣かせてやる」

亘佑は絢人の両手を頭上でひとまとめにして押さえつけると、真上から見下ろしてうっすらと笑った。

ぞくぞくと背筋が震えるのはなにも恐怖のためだけでもなさそうだ。どこか期待している自分を認めながらも、絢人は一応無駄な抵抗を試みようと腕に力を込めてみた。

「ひっ……」

強いくらい乳首に歯を立てられたのに、感じたのは明らかな快感だった。痛みに限りなく近い、びりっとした甘い痺《しび》れに支配され、身体にはどうしても力が入らない。

この身体のことを一番よく知っているのは亘佑だ。おそらく絢人以上に知っている。

薄く涙の張った目で亘佑を見ると、やたらと楽しそうに絢人の身体にむしゃぶりついていた。そこに怒気はない。もともと本気で怒っていたわけではなく、迂闊な絢人に「おしおき」をしたいだけなのだ。

だからといって安心できるものでもなかったが。

「あ、ぁっ……」

与えられた愛撫に喘《あえ》ぎながら、絢人は窓越しに見える明るい空から目を逸らした。


内側からごりごりと弱い部分を抉《えぐ》られて、絢人はあられもない声を上げながらびくびくと身体を震わせる。

「あっ、ぁあ……んっ、や……あ……！」

泣かせると言っていたのは冗談でもなんでもなく、絢人は本当に涙を流しながら亘佑に縋り付き、揺さぶられるまま喘いでいた。

愛撫はいつもより短めだったが、それでも後ろは十分に解《ほぐ》されていたし、一度目はわりと普通に抱かれたはずだった。セックスしなかった期間は恋人になってから一番長かったが、身体は教えられた快楽を忘れていなかった。

気持ちよくて、絢人は身も心もとろとろに蕩《とろ》けていた。泣かせるなんて言ったのは、その場ののりみたいなものだと思っていた。

けれどもそれは亘佑が余裕を取り戻すためだったらしい。絢人のなかで一度いった後の彼は、徹底的に焦らして虐め、指や舌や唇で絢人だけをいかせるという愛撫を始めた。ついでとばかりに手を縛られ、ついさっきまで自由を奪われていた。絶頂の後でぼうっとしているうちに、タオルとベルトで縛られてしまったのだ。

ほんとうについさっき——三度目の挿入をしてから、ようやく拘束を解かれたところだった。自由になってすぐに背中にしがみついたら、亘佑はやたらと喜んでいた。前から知っていたが、この男はかなり単純だ。

「そこっ……ああっ、だ……めっ……」

さんざん指でいじられて意識が飛ぶほどいかされたところを重点的に責めるのは、「おしおき」が続いているということだ。

「また空イキする？」

「やっ……あ、あっ……も、無理……」

そろそろ本当に無理だと息も絶え絶えに訴える。実は最初のときから無理だ無理だと言っていたのだが、ここまでずっと流されてきた。

だが今度は本気だ。

どうやら許してくれる気になったらしく、宥めるようなキスをされた。許すというよりは絢人の限界をわかっているだけかもしれない。

深いところを揃きまわされて、思わず亘佑の背中に爪を立てる。

「あ、あっ……、い、く……っ、ああぁっ……！」

追いつめるようにしてそれから何度か突き上げられ、絢人は濡れた悲鳴を上げながら大きく仰け反った。

頭のなかは真っ白だ。そうとしか言いようがない。全身が蜜《みつ》かなにかになってしまったように、快楽で溶けてしまった。

両の腕がぱたりとシーツに落ちる。

絶頂の余韻《よいん》は恐ろしいほど長く、最初の強い波が引いた後も、繰り返して押し寄せてくる。腰から太腿《ふともも》にかけてがびくびくと震え、なかなか止まってくれなかった。

自分の反応が信じられなかった。

プラトニックでいいとかセックスに意味を見出せないとか、そんなことはもう言えないくらい感じてしまっているのだから。

「すげぇ気持ちよさそう」

くすりと笑い、亘佑は絢人の内腿を撫でる。

「あんっ」

過敏《かびん》になった身体はどこもかしこも弱くて、ただ撫でただけでも電流を当てられたように大きく反応してしまう。

「さ……触ん、な……んっ、や……バカ……ッ」

おもしろがって撫でる亘佑を、キッと睨み付けてやるが、亘佑には逆効果だった。実に楽しそうに、絢人にとってはいやな感じに目を細めている。

「とか言って、締め付けて来てる。まだしてぇの？」

「違っ……」

「いや、まだやれるだろ。ここ、痛いわけじゃねぇよな？」

「ぁあっ……！」

繋がっているところをなぞるように指先で撫でられて、絢人は軽く仰け反った。無意識にシーツに爪を立てていた。

その手をつかんで引き寄せて、亘佑は指先に舌を絡めてくる。指から背中まで、ぞくぞくと快感が走り抜けた。どこを触られてもひどく感じて、だんだん怖くなってくる。

「もう無理、ほんと無理……」

半泣きで懇願《こんがん》すると、亘佑は仕方なさそうに笑った。

「続きは明日な」

「それは……」

「じゃないと、このままするぞ」

とっさにかぶりを振ったのがどうやら了承したことになったらしい。亘佑は最後にもう一度キスをして、ようやく絢人から身体を離した。

「っぁ……は……」

引き出されていくその感触さえも気持ちよくて、思わず眉をひそめてしまう。

亘佑はぐったりとした絢人を抱きしめ、しばらくなにをするでもなく横になっていた。外はすっかり暗いが、まだ眠るような時間ではなかった。

それでも疲労のせいで絢人は間もなく意識を落としてしまった。

そう長い時間ではなかったが、確かに心地いい眠りのなかにいた。愛する男に抱きしめられて、幸せな気分で眠っていた。

なのに抗《あらが》いがたい快感に、絢人は声を上げて身悶《みもだ》え、はっと意識を戻した。

「やっ、ぁ……なにっ……」

「絢人のなかのやつ出してるから」

眠っているあいだにきれいにしようとしたらしい。すでに身体は濡れタオルで拭かれた後で、かなりさっぱりしている。大変ありがたいが激しい羞恥《しゅうち》に見舞われる行為だ。

そういえば亘佑は一度もゴムをつけなかった。いつもは基本的につけてくれるのだが、ときどき忘れるのか故意なのか今日のようにつけずにするときがあり、その後はいまみたいに甲斐甲斐しく後始末をする。しなくていいという絢人と何度か押し問答をしたことがあったが、ほぼ絢人は負けてしまっていた。

しばらく羞恥心や快感と戦い、終わったと言われたときには、ふたたび疲労でぐったりとシーツに沈むはめになった。

そのシーツも清潔なものに替えられたので、その心地よさに絢人はうっとりした。さらさらのシーツの感触がたまらなく好きなのだ。

亘佑はパイル地のロングパンツだけを穿いてキッチンに行き、冷蔵庫から出した水をごくごくと飲んでいる。

その音が聞こえた途端に絢人も激しい喉の渇きを覚えた。

「俺にも……」

「ああ」

戻って来た亘佑に飲みかけのペットボトルを渡され、半分以上残っていたそれを一気に全部飲み干した。

自然にほっと息を漏らし、またもシーツに逆戻りする。

「もっと飲むか？」

「あー……うん、一応ここに置いといて」

いまはいいけれども、きっとすぐに飲みたくなるだろう。亘佑が新しいペットボトルを持ってきてベッドサイドに置いてくれた。

「さすがに腹が減ったな」

「ああ……そうかも」

「ピザでも頼むか？」

「だったら冷凍のピザがあるよ」

「それでいいか。俺がやるから、絢人は寝てろよ」

「当然だよ」

とてもじゃないが歩けそうもない絢人は、ふんと鼻を鳴らしてキッチンを指し、早く焼いてこいと命令してやる。

亘佑は笑いながら命令に従った。

「一枚でいいよな」

「うん、ちょっとでいい」

空腹感はあるが、きっと絢人は半分も食べられまい。普段は特に小食ということもないが、夏場はどうしても食が細くなってしまうし、疲れ過ぎていまはかえって食欲が湧かない。胃は軽い空腹感を訴えていたが、食べる気力が足りないのだ。

「溶けるチーズあるから足せば？　好きだろ？」

「面倒だからいい」

「その程度で面倒って……」

「料理はダメなんだよ」

「市販のピザにチーズ足すのは料理って言わないよ」

脱力感に見舞われて、絢人は深い溜め息をついた。

ピザが焼けるのを待つあいだに亘佑はコーヒーを入れた。チーズを足すよりもそちらのほうが面倒だと思うのだが、あえて指摘はしないでおく。

黙って亘佑を眺めていたら、急に思い出したように彼が振り返った。

「そうだ、同居の話だけどな」

「あ……うん」

すっかり忘れていたが、セックスする前にそんな話が出ていたのだった。

「もう決まってるからな」

「は……？」

絢人は両手を突いて勢いよく起き上がり、ベッドに座ったまま亘佑を凝視した。胸までかけていたタオルケットが落ちたがどうでもよかった。

つい数時間前まで同居するしないの話をしていたのに、いつの間にそんなことになったのだろうか。

（いや、待て……）

あのとき亘佑はなにか言いかけていた。おぼろげな記憶が蘇《よみがえ》った。

「どういうこと……？」

「莉恵さんと俺で決めた」

「なんで、母さん……？」

「ビルのリフォームするだろ？　七階をまるまる俺たちが使っていいらしいぞ。もちろん家賃は払うけどな」

「はい……？」

脳裏に浮かんだのは莉恵の顔だった。しかもなぜかVサインをしながら得意満面だ。とっさにそんな姿を浮かべた自分はどうかと思った。

絢人の知らないあいだに、二人のあいだで悪巧み——いや、話しあいが成されていたとは。

「なんで当事者の一人が外されてるんだよ」

さすがにムッとする。仲間はずれなんて子供じみたことを言うつもりはないが、この抗議は正当なもののはずだ。

「乗り気じゃなかったからだ」

「はぁ？」

「全部決まってから突きつければ、絢人は諦めて住むだろうからな。莉恵さんも同意してた」

「……ああ、うん」

そうだろうなと自分でも思う絢人だった。本当は着工してから言うつもりだったらしいが、絢人の様子で大丈夫だろうと踏んだために打ち明けたらしい。

確かに気持ちは変わっていた。

「玄関は二つ作る。だったら問題ねぇだろ？」

「ないです」

あくまで念のためだ。身内しか入らないビルなので本当はそこまでする必要はないが、体裁を繕《つくろ》っておけばなにかあったときに便利だろうと言われた。

「あの人のことだから来ないとは思うんだが、もし親父が見たいって言い出した場合とかな」

「ああ……まぁ、そうだね」

亘佑と父親の関係は悪くないのだが、仲がいいかと言われたらまた違うのだ。親子とはいえ、互いに成人した身とばかりに、必要最低限のやりとりしかしない。わだかまりはないが、わざわざ顔をつきあわせることもない、というスタンスなのだ。

そのあたりも含めて亘佑に任せてしまうことにした。絢人の希望は入り口の問題を除けばキッチンくらいなのだ。

「寝室はメインが一つと、カモフラージュ用に一つ。基本、こっちは使わねぇが、一応もう一つあったほうがいいだろうからな」

「はいはい」

「メインベッドルームからバスルームに直《ちょく》で行ける扉もつける。もちろん風呂はデカめだ。二人で入っても余裕なくらいで」

「……はい」

下心を強く感じてつい返事が鈍いものになった。完全に任せて大丈夫だろうかという不安が少しだけ湧いてきた。

「外から見た限りだと、ベランダもあるから楽しみだな」

「バーベキューでもする気か？　って、向かいに高いビルあるし、向こうから丸見えなんじゃないか？」

道路を挟んだ向かいには、ずらりとビルが建ち並んでいるのだ。景観がいいとは言えないし、夜は絶対にカーテンやブラインドを開けられないだろう。

絢人の脳裏には、いずれ自分たちが住むだろうビルそのものや周辺の様子が浮かんでいた。東京にいくつもある繁華街《はんかがい》、そのなかでは比較的落ち着いた雰囲気ではあるし、駅からも近い。そして絢人と亘佑の通勤時間もいまとさほど変わらないはずだ。だが生活環境としてはいくつか問題がある。

「ベランダは目隠しすれば大丈夫だろ。車通りも多いから、静かとは言えないが……まぁそこはガラスを工夫だな。どのみち防音はしっかりやってくれって言われてるし」

「生活する場所じゃないからなぁ……買いものをどうするかな。一番近いスーパーってどこだ？　このへんコンビニくらいしかないよな？」

「さぁな」

「あ、デパ地下はあるか……けど、さすがに日常の買いものがデパ地下ってのは……」

絢人の庶民感覚では、日頃の肉や野菜をデパートで揃《そろ》えるのは抵抗があった。なぜかと問われても困るだろう。価格以外のなにかがあるのだ。

少し落ち着くと、いろいろと疑問が浮かんできた。生活面は不便だがなんとかなるとして、最上階と聞いたときに感じた疑問を口にすることにした。

「そういえばなんで俺たちが最上階？　母さんは？」

「莉恵さんは六階がいいんだと。六階を自宅とアトリエ、オフィスを五階に移して三階と四階を倉庫にして、なかから繋いで家から最短距離で行きたいそうだ」

「どんだけ楽したいんだよ……」

たとえワンフロア分でも近いほうがいいのかと、自分の母親のことが心配になった。だが非常に彼女らしくて笑えてもくる。

ちなみに現在、見本や生地などの置き場所としては近くのビルの一室を借りているので、改装後のほうが便利になるようだ。

「まぁ、いいかもね」

「ん？」

「ちょっと楽しそうだし」

母親の野望に近付いているような気もするが、それはそれでおもしろいのかもしれないとも思う。

亘佑と二人きりの時間は彼が責任を持って守ってくれるだろう。間違っても下の階から急襲などされないように。

「七階は独立しているほうがいいなぁ」

「もちろん、なかからは繋げねぇよ。エレベーターはもともとキーがないと七階では開かないシステムらしい」

「へぇ」

それならばと絢人は頷いた。

「期待してろよ」

「うん」

たとえ亘佑の下心が詰め込まれた部屋になってもかまわなかった。多少のことならば絢人は受け入れるだろうし、そもそも亘佑が絢人の望む快適さを無視するはずがないのだ。

引っ越しはまだまだ先だが、少しずつ気に入ったインテリアを決めていくのもいいかもしれない。

先のことを考えると楽しくてたまらなくて、絢人は自然に笑みを浮かべていた。

あとがき

初めましての方も、そうでないありがたい方もこんにちは。

年下攻は過去にもいくつか書いていますが、リアルで六つ下というのは初めてでした。特殊設定でものすごい下というのはありましたけど、受の時間が止まっているも等しいような設定だったので、それは例外ということで。

ちなみにこれは先日発売されたルチル文庫「君は僕だけの果実」とリンクしております。と言っても世界観が同じというだけで、舞台になっている地域も違います。共通して登場するのは「長倉地所《ながくらじしょ》」と「星野《ほしの》」だけですが、よかったらそちらも読んでいただけたら、と思います。

デビューして二十年ほどたったので、レーベル跨いでリンクさせましょう。さらに二十年というキーワードも入れてみましょう、的なお話をいただき、頑張ってみました。無理矢理感が否めないことは内緒。見逃していただきたい。

ところで今回、草食系だなんだと書いていますが、あれの定義が実はよくわからんです。恋愛に消極的なら草食になるのかな？　うーん……。とりあえず攻の亘佑《こうすけ》ががっつり肉食系なのは間違いないかと思います。

ところで、カバーコメントにも書きましたが、負傷しました(笑)。いやあの、蛾がですね、部屋に入ってきちゃいまして。テープにくっつけて退治してしまおうと「えいっ」とやりましたら、勢いあまって……というか若干目測を誤って壁に激突。爪が割れると同時に突き指をした、という寸法です。別に私がどんくさいわけじゃないです。起き抜けだったので、ちょっと意識がクリアではなかっただけです。

さすがに一ヵ月以上たって、痛みもやわらいできました。すぐに医者にいけばよかったんでしょうけども。

夏はいろいろと大変ですが、もう少しの辛抱と言い聞かせて頑張っていきたいと思います。

話は変わりまして……。

カワイチハル先生、今回もありがとうございました。そしてご迷惑のかけ通しで本当に申し訳ありませんでした。

とてもきれいなイラストをいただけるので、毎回楽しみにしていました。大人っぽくて色気があって、雰囲気も素敵で！　本当にありがとうございました。

最後になりましたが、ここまで読んでくださってありがとうございました。次回またなにかでお会いしましょう。

きたざわ尋子《じんこ》

初出

君が恋人にかわるまで	2015年 リンクス5月号掲載を加筆修正
君と時を重ねていく	書き下ろし

硝子細工の爪《ガラスざいくのつめ》

きたざわ尋子
イラスト：**雨澄ノカ**

本体価格 870 円+税

旧家の一族である宏海は、自分の持つ不思議な『力』が人を傷つけることを知って以来、いつしか心を閉ざして過ごしてきた。だがそんなある日、宏海の前に本家の次男・隆衛が現れる。誰もが自分を避けるなか、力を怖がらず接してくる隆衛を不思議に思いながらも、少しずつ心を開いていく宏海。人の温もりに慣れない宏海は、甘やかしてくれる隆衛に戸惑いを覚えつつも惹かれていき…。

リンクスロマンス大好評発売中

臆病なジュエル《おくびょうなジュエル》

きたざわ尋子
イラスト：**陵クミコ**

本体855 円+税

地味だが整った容姿の湊都は、浮気性の恋人と付き合い続けたことですっかり自分に自信を無くしてしまっていた。そんなある日、勤務先の会社の倒産をきっかけに高校時代の先輩・達祐のもとを訪れることになる湊都。面倒見の良い達祐を慕っていた湊都は、久しぶりの再会を喜ぶがその矢先、達祐から「昔からおまえが好きだった」と突然の告白を受ける。必ず俺を好きにさせてみせるという強引な達祐に戸惑いながらも、一緒に過ごすことで湊都は次第に自分が変わっていくのを感じ…。

追憶の雨《ついおくのあめ》

きたざわ尋子
イラスト：**高宮 東**

本体価格 855 円+税

ビスクドールのような美しい容姿のレインは、長い寿命と不老の身体を持つバル・ナシュとして覚醒してから、同族の集まる島で静かに暮らしていた。そんなある日、レインのもとに新しく同族となる人物・エルナンの情報が届く。彼は、かつてレインが唯一大切にしていた少年だった。逞しく成長したエルナンは、離れていた分の想いをぶつけるようにレインを求めてきたが、レインは快楽に溺れる自分の性質を恐れ、その想いを受け入れられずにいて…。

リンクスロマンス大好評発売中

秘匿の花《ひとくのはな》

きたざわ尋子
イラスト：**高宮 東**

本体855 円+税

死期が近いと感じていた英里の元に、ある日、優美な外国人男性が現れ、君を迎えに来たと言う。カイルと名乗るその男は、英里に今の身体が寿命を迎えた後、姿形はそのままに、老化も病気もない別の生命体になるのだと告げた。その後、無事に変化を遂げた英里は自分をずっと見守ってきたというカイルから求愛される。戸惑う英里に、彼は何年でも待つと口説く。さらに英里は同族から次々とアプローチされてしまい…。

恋もよう、愛もよう《こいもよう、あいもよう》

きたざわ尋子
イラスト：**角田 緑**
本体価格 855 円+税

カフェで働く紗也は、同僚の洸太郎から兄の逸樹が新たに立ち上げるカフェの店長をしてくれないかと持ちかけられる。逸樹は憧れの人気絵本作家であり、その彼がオーナーでギャラリーも兼ねているカフェだと聞き、紗也は二つ返事で引き受けた。しかし実際に会った逸樹は、数多くのセフレを持ち、自堕落な性生活を送る残念なイケメンだった。その上逸樹は紗也にもセクハラまがいの行為をしてくるが、何故か逸樹に惚れてしまい…。

リンクスロマンス大好評発売中

いとしさの結晶《いとしさのけっしょう》

きたざわ尋子
イラスト：**青井 秋**
本体855 円+税

かつて事故に遭い、記憶を失ってしまった着物デザイナーの志信は、契約先の担当である保科と恋に落ち、恋人となる。しかし記憶を失う前はミヤという男のことが好きだったのを思い出した志信は別れようとするが保科は認めず、未だに恋人同士のような関係を続けていた。今では俳優として有名になったミヤをテレビで見る度、不機嫌になる保科に呆れ、引きこもりの自分がもう会うこともないと思っていた志信。だが、ある日個展に出席することになり…。

掠奪のメソッド

りゃくだつのメソッド

きたざわ尋子
イラスト：**高峰 顕**

本体価格 855 円+税

過去のトラウマから、既婚者とは恋愛はしないと決めていた水鳥。しかし紆余曲折を経て、既婚者だった会社社長・柘植と付き合うことに。偽装結婚だった妻と別れた柘植の元で秘書として働きながら、充実した生活を送っていた水鳥だったが、ある日「柘植と別れろ」という脅迫状が届く。水鳥は柘植に相談するが、愛されることによって無自覚に滲み出すフェロモンにあてられた男達の中から、誰が犯人なのか絞りきれず…。

リンクスロマンス大好評発売中

掠奪のルール

りゃくだつのルール

きたざわ尋子
イラスト：**高峰 顕**

本体855 円+税

既婚者とは恋愛はしない主義の水鳥は、浮気性の元恋人に犯されそうになり、家を飛び出し、バーで良く会う友人に助けを求める。友人に、とある店に連れていかれた水鳥は、そこで取引先の社長・柘植と会う。謎めいた雰囲気を持つ柘植の世話になることになった水鳥だったが、柘植からアプローチされるうち、徐々に彼に惹かれていく。しかし水鳥は既婚者である柘植とは付き合えないと思い…。

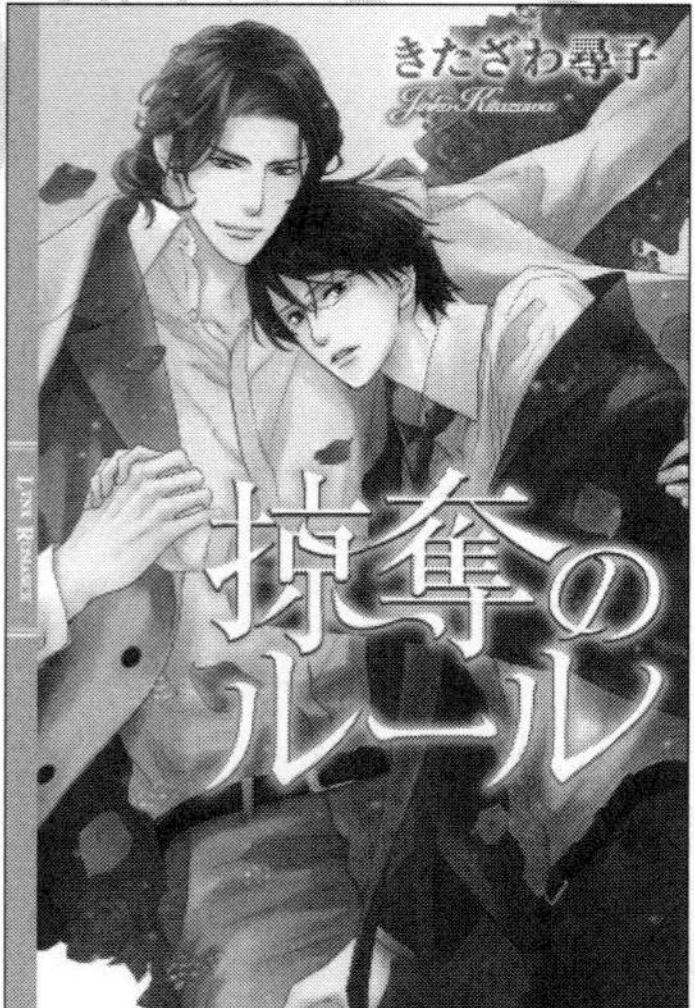

純愛のルール《じゅんあいのルール》

きたざわ尋子
イラスト：高峰 顕
本体価格 855 円+税

仕事に対する意欲をなくしてしまった、人気小説家の嘉津村は、カフェの隣の席で眠っていた大学生の青年に一目惚れしたのをきっかけに、久しぶりに作品の閃きを得る。後日、嘉津村は仕事相手の柘植が個人的に経営し、選ばれた人物だけが入店できる店で、偶然にもその青年・志緒と再会した。喜びも束の間、志緒は柘植に囲われているという噂を聞かされる。それでも、嘉津村は頻繁に店に通い、彼に告白するが…。

リンクスロマンス大好評発売中

指先は夜を奏でる《ゆびさきはよるをかなでる》

きたざわ尋子
イラスト：みろくことこ
本体855 円+税

音大で、ピアノを専攻している甘い顔立ちの鷹宮奏流は、父親の再婚によって義兄となった、茅野真継に二十歳の誕生日を祝われた。バーでピアノの生演奏や初めてのお酒を堪能し、心地よい酔いに身を任せ帰宅するが、突然真継に告白されてしまう。奏流が二十歳になるまでずっと我慢していたという真継に、日々口説かれることになり困惑する奏流。そんな中、真継に内緒で始めたバーでピアノを弾くアルバイトがばれてしまい…。

だって うまく言えない《だってうまくいえない》

きたざわ尋子

イラスト：周防佑未

本体価格 855 円+税

料理好きが高じて、総合商社の社食で調理のスタッフをしている繊細な容貌の小原柚希は、小さなマンションに友人と暮らしている。ワンフロアに二世帯しかなく隣人の高部とは挨拶を交わす程度の仲だった。そんなある日、雨宿りをしていた柚希を通りかかった高部が車で送ってくれることに。お礼として料理を提供するうち二人の距離は徐々に近づいていくが…。

リンクスロマンス大好評発売中

ささやかな甘傷《ささやかなかんしょう》

きたざわ尋子

イラスト：毬田ユズ

本体855 円+税

アミューズメント会社・エスライクに勤める澤村は、不注意から青年に車をぶつけてしまう。幸いにも捻挫程度の怪我ですんだが、「家に置いてくれたら事故のことを黙っていてやる、追い出したら淫行で訴える」と青年は澤村を脅してきた。仕方がなく澤村は、真治と名乗る青年と同居生活を送ることになった。二人での生活にもようやく慣れ、彼からの好意も感じられるようになった頃、真治が誰かに追われるように帰宅してきて…。

LYNX ROMANCE

小説原稿募集

リンクスロマンスではオリジナル作品の原稿を随時募集いたします。

募集作品

リンクスロマンスの読者を対象にした商業誌未発表のオリジナル作品。
（商業誌未発表のオリジナル作品であれば、同人誌・サイト発表作も受付可）

募集要項

<応募資格>

年齢・性別・プロ・アマ問いません。

<原稿枚数>

４５文字×１７行（１枚）の縦書き原稿、２００枚以上２４０枚以内。
※印刷形式は自由。ただしＡ４用紙を使用のこと。
※手書き、感熱紙不可。
※原稿には必ずノンブル（通し番号）を入れてください。

<応募上の注意>

◆原稿の１枚目には、作品のタイトル、ペンネーム、住所、氏名、年齢、電話番号、メールアドレス、投稿（掲載）歴を添付してください。
◆２枚目には、作品のあらすじ（４００字～８００字程度）を添付してください。
◆未完の作品（続きものなど）、他誌との二重投稿作品は受付不可です。
◆原稿は返却いたしませんので、必要な方はコピー等の控えをお取りください。
◆１作品につき、ひとつの封筒でご応募ください。

<採用のお知らせ>

◆採用の場合のみ、原稿到着後６カ月以内に編集部よりご連絡いたします。
◆優れた作品は、リンクスロマンスより発行させていただきます。
原稿料は、当社既定の印税でのお支払いになります。
◆選考に関するお電話やメールでのお問い合わせはご遠慮ください。

宛先

〒151-0051
東京都渋谷区千駄ヶ谷４−９−７
株式会社　幻冬舎コミックス
「リンクスロマンス　小説原稿募集」係

LYNX ROMANCE

イラストレーター募集

リンクスロマンスでは、イラストレーターを随時募集いたします。

リンクスロマンスから任意の作品を選び、作品に合わせた
模写ではないオリジナルのイラスト（下記各1点以上）を描いてご応募ください。
モノクロイラストは、新書の挿絵箇所以外でも構いませんので、
好きなシーンを選んで描いてください。

1 表紙用 カラーイラスト

2 モノクロイラスト（人物全身・背景の入ったもの）

3 モノクロイラスト（人物アップ）

4 モノクロイラスト（キス・Hシーン）

募集要項

＜応募資格＞

年齢・性別・プロ・アマ問いません。

＜原稿のサイズおよび形式＞

◆Ａ４またはＢ４サイズの市販の原稿用紙を使用してください。
◆データ原稿の場合は、Photoshop（Ver.5.0 以降）形式でＣＤ－Ｒに保存し、
出力見本をつけてご応募ください。

＜応募上の注意＞

◆応募イラストの元としたリンクスロマンスのタイトル、
あなたの住所、氏名、ペンネーム、年齢、電話番号、メールアドレス、
投稿歴、受賞歴を記載した紙を添付してください（書式自由）。
◆作品返却を希望する場合は、応募封筒の表に「返却希望」と明記し、
返却希望先の住所・氏名を記入して
返送分の切手を貼った返信用封筒を同封してください。

＜採用のお知らせ＞

◆採用の場合のみ、６カ月以内に編集部よりご連絡いたします。
◆選考に関するお電話やメールでのお問い合わせはご遠慮ください。

宛先

〒151-0051 東京都渋谷区千駄ヶ谷４−９−７
株式会社　幻冬舎コミックス
「リンクスロマンス　イラストレーター募集」係

この本を読んでの
ご意見・ご感想を
お寄せ下さい。

〒151-0051
東京都渋谷区千駄ヶ谷4-9-7
(株)幻冬舎コミックス　リンクス編集部
「きたざわ尋子《じんこ》先生」係／「カワイチハル先生」係

リンクス ロマンス

君が恋人にかわるまで

2015年8月31日　第1刷発行

著者……………きたざわ尋子《じんこ》
発行人…………石原正康
発行元…………株式会社　幻冬舎コミックス
〒151-0051　東京都渋谷区千駄ヶ谷4-9-7
TEL 03-5411-6431（編集）
発売元…………株式会社　幻冬舎
〒151-0051　東京都渋谷区千駄ヶ谷4-9-7
TEL 03-5411-6222（営業）
振替00120-8-767643
印刷・製本所…株式会社　光邦
検印廃止

ISBN978-4-344-83509-2 C0293
Printed in Japan

幻冬舎コミックスホームページ　http://www.gentosha-comics.net

本作品はフィクションです。実在の人物・団体・事件などには関係ありません。